出世侍（五）
雨垂れ石を穿つ

千 野 隆 司

出世侍

(五)

雨垂れ石を穿つ

目次

第一話　暴れ馬

一

　まだ枝に残っていた枯れ落ち葉が、掃除の行き届いた玄関前の庭にはらはらと落ちた。これを朝の日が照らしている。十一月の風は冷たいが、藤吉《とうきち》は腹の奥まで深く息を吸い込んだ。

　気持ちが引き締まる。寒いとは感じない。

「では、行ってまいります」

「気をつけて、励むがよかろう」

　香坂《こうさか》藤吉は、玄関式台まで見送りに来た舅《しゅうと》平内《へいない》と姑《しゅうとめ》たゑに挨拶をした。家禄二百五十俵の新御《しんご》番組《ばんぐみ》の番士《ばんし》として、江戸城へ出仕する。

　御目《おめ》見《みえ》の旗本である。初老の中間《ちゅうげん》一名を供に従えていた。香坂家へ婿に入ったのは八月に入ってすぐで、十月には隠居した平内に代わって登城を始めた。すでに一《ひと》月《つき》あまりがたっている。

屋敷の敷地は六百坪ほど、片番所付の長屋門を出ると門扉は閉じられた。

少し歩くと、浜町堀《はまちょうぼり》に出る。お城までは四半刻（約三十分）もかからない道のりだ。

藤吉は、およそ一年半前までは上州新田郡《じょうしゅうにったごおり》長船村《おさふねむら》で暮らしていた。利根川《とねがわ》に接し、田圃《たんぼ》のはるか彼方に赤城《あかぎ》の連山がうかがえた。その他には、何もない村だった。

水呑百姓《みずのみびゃくしょう》の家に生まれ、村名主の家で下男奉公をしていた。田畑に出るだけでなく、農耕馬の世話や雑用をこなしていたのである。

「まさかこのようなことになるとは、思いもしなかったぞ」

と振り返る。

長船村を知行地にする殿様は、御鉄砲簞笥奉行《おてっぽうたんすぶぎょう》を務める家禄八百石の永穂忠左衛門《ながほちゅうざえもん》という旗本だった。水害から田を守る功績があって、永穂家の中間として江戸へ出ることを許された。

身分はもちろん、金も縁故もない十八歳の田舎者にとって、江戸は見るもの聞くもの驚くばかりだった。慣れる間もなく、武家奉公に励んだ。

「そなたは、馬の扱いと弓術には秀でておいでだが、直参旗本はそれだけではなりませぬぞ。学問や書の手跡、茶道などの嗜《たしな》みもなくてはなりますまい」

平内やたゑから言われる。文字は、長船村の名主の娘おあき様に教えてもらった。しかしどうにか仮名や易しい漢字が読める程度で、学問といえるものではなかった。永穂家の嫡男忠太郎《ちゅうたろう》の供で、儒者の園部《そのべ》仁斎《じんさい》から講義を受ける機会を得た。だがそれでも、充分とはいえない。

書の稽古や茶道などにいたっては、触れたこともなかった。

新御番組は武官で、藤吉には弓の腕前があったから平内の目に留まった。とはいえ『武』だけではだめだというのが香坂家の方針で、藤吉も同じ考えを持っていた。

「まだまだ修行の身の上だ」

形の上では旗本家の当主になったが、稽古と修練は日々欠かしていなかった。

藤吉と供の中間は、広い堀端の道を歩いて城門の前に出る。門に繋《つな》がる橋の前に下馬札が立てられていて、ここで立ち止った。堀向の石垣の上には、櫓《やぐら》が聳《そび》え立っている。

「どうぞ、お気をつけて」

「うむ」

香坂家に入る前までは、家禄二千二百石の旗本で先手弓頭《さきてゆみがしら》を務めている小出長門《こいでながと》守《かみ》の家臣だった。殿様の供で、ここまでは何度もやって来た。

けれども今は、供の中間を置いて自分が城内に入って行く。初めのうちは足が震えたが、ようやく慣れた。

「香坂ではないか」

「ああ、瀬尾《せお》様」

声をかけられて振り向くと、同じ新御番衆の瀬尾祥五郎《しょうごろう》が立っていた。三十三歳になる瀬尾は、舅の平内とは昵懇《じっこん》の間柄だ。藤吉は攫《さら》われた瀬尾の嫡男を奪い返すにあたって尽力をしたので、瀬尾は好感を持って接してくれていた。

万事に不慣れな藤吉にしてみれば、城内でのふるまいや旗本同士の付き合いなど、瀬尾の助言があるからこそ、過ごすことができていた。あらかじめ平内からもろもろを聞いていても、物事は耳にした通りには進まない。

新御番組が城内で詰めるのは、正徳《しょうとく》の頃までは中奥土圭之間《とけいのま》だったが、今は桐之《きりの》間《ま》になっている。挨拶を済ませると、二人は中之口《なかのくち》御門へ向かう。

歩いているのは藤吉と瀬尾だけではない。新御番組などの番方は、文官のように昼間だけ登城するわけではない。朝番、夕番、泊番と順番に交代して城内に詰める。引継ぎが済めば、泊番の者たちは下城する。

「くさいくさい、肥のにおいがするぞ」

「うむ、まことに。鼻が曲がりそうではないか」

いきなり、そんな声が聞こえた。門扉脇に数人の裃《かみしも》姿の番士がいて、声高に言っていた。二十代前半から三十代半ばくらいの歳《とし》の者たちだ。わざとらしく、鼻をくんくんさせている者もいる。その中心になっているのが、朝比奈弥九郎《あさひなやくろう》という二十七歳になる番士だった。

「また、あやつらか」

と藤吉は思うが、動じた様子は見せない。彼らは、聞こえよがしに言っている。藤吉への嫌がらせだった。

元は百姓で、旗本家の陪臣の身から香坂家の婿になった。形としては、先手弓組与力の家の養子になった上で婿入りをしたが、新御番組の者は事情を知っている。

新御番組は、大番《おおばん》、書院番、小姓組、小十人組《こじゅうにんぐみ》と共に、幕府五番方の一つで近習番《きんじゅばん》とも称した。将軍直属の親衛隊である。番士は皆が譜代の臣で、自尊心と特権意識が強かった。

したがって藤吉の出自を卑しいと考える朝比奈らは、肥のにおいがすると嘲《あざけ》ったのである。間違ったことを教えてやらせ、笑いものにするなど珍しくもない。瀬尾がいるから、どうにか襤褸《ぼろ》を出さずに務めることができていた。

「百姓侍めっ」

とまた聞こえる。

彼らは、面と向かって口にするわけではない。そっぽを向いて、こちらに聞こえるように言う。反論さえさせないやり方だ。

「気にするな」

さりげなく瀬尾が呟《つぶや》く。

「はい。分かっております」

藤吉は応じた。この程度では、気持ちは怯《ひる》まない。

永穂屋敷へ入ったときも、小出屋敷へ移ったときも、初めはまるでいないかのように扱われたり、邪魔者扱いをされたりした。「下賤《げせん》の者」と、面と向かって言われたこともある。

それと比べれば、はるかにましだ。何よりも、なだめてくれる瀬尾が傍《そば》にいる。前の屋敷では、初めはいつも仲間などいなかった。一人で、己の居場所を拵《こしら》えてきたのである。

「恵まれているじゃあないか」

この思いは、強がりではない。

江戸城は外から見ると、いかにも将軍様の住まいとして威厳に溢《あふ》れ、堂々としている。侵されることのない、神聖な場所だと感じられた。建物の柱の太さや意匠の壮麗さ、手入れの行き届いた庭の様子など、確かにこの世のものとは思われないほどだが、城中に漂う空気は必ずしも清麗とはいえない。

初めのうちは何が何だか分からなかったが、一月ほどするうちに、お役目ごとの人間関係も見えてきた。

そもそも将軍家を守護する五番方とはいっても、来歴や役割、そして番士の役高も違った。大番衆は将軍直轄の軍団として精強を誇ったが、泰平となった今は、江戸城の西丸や二丸の警備と幕府の直轄城の在番を行った。役高は二百俵である。

それに比べて書院番衆と小姓衆は共に三百俵高で、交代で将軍の給仕に出た。そして小姓衆の方が将軍には多く近侍して、城外勤務はなかった。書院番衆は将軍出行の折には、前後に従った。

城内では将軍に近い小姓衆と、出行時には身をもって扈従《こしょう》する書院番衆とは、仲が悪かった。それぞれ自分たちの方が、将軍の役に立っているという自負があり、それが態度や物言いに出るからである。

新御番衆は役高が二百五十俵、将軍出行時の先駆けが任務で、江戸市中の巡回も行う。したがって将軍に近い書院番衆や小姓衆よりも、下として扱われた。新御番衆にしてみれば、共に将軍を守護し危険な先駆けに当たる。同じではないかという気持ちがあって、下に見られることに反発をする者が多かった。

朝比奈などは、その中の旗頭といっていい人物である。

小十人衆は役高百俵で、戦時の将軍直属の兵士である。新御番衆の多くの者は、書院番衆や小姓衆に対しては妬みの気持ちを抱え、小十人衆に対しては軽んずる態度を取った。

「たいして違うまい」

と藤吉は思うが、その違いは各組の番方たちには大きいらしかった。

引継ぎを済ませた後、朝番の新御番衆は桐之間に集まる。正面に番士を前にして、番頭と組頭が座っている。番頭は安西正寄《あんざいまさより》で二千石の旗本だ。就任二年目で、元は千石高の書院番組頭だった。家斉《いえなり》公に目をかけられて出世をしたと藤吉は聞いている。四十三歳で、切れ者らしい面差しをしていた。

新御番組は、番頭のもとに六組ある。藤吉の直属の組頭は、新庄政平《しんじょうまさひら》という三十一歳になる家禄六百石の旗本だ。

「つつがなく、お務めを果たさねばならぬ」

堅苦しい口調で、居合わせた番士に告げた。これはいつものことである。同じことしか口にしないが、今朝は、近く家斉公の増上寺《ぞうじょうじ》参拝があると付け足した。新御番組は、先駆けとして行列に加わる。

「城外の行列では、新御番組としての武威を示さねばならぬ。闖入者《ちんにゅうしゃ》を許さぬのは当然だが、我らは他の番方よりも優れた、一糸乱れぬ動きを心掛けよ」

「ははっ」

新庄の言葉に、番士たちは声を揃《そろ》えて応じ頭を下げた。

「お疲れさまでございました」

役目を終えて、藤吉は城門を出た。下馬札のところで、香坂家の中間が待っていて出迎えた。

「うむ」

中間との間では、藤吉は殿様だ。中間は、後からついてくる。

このとき供侍を従えた騎乗の旗本が、数間先を通り過ぎた。千石取りの供揃えである。誰かと思って顔を上げ、馬上の侍に目をやった。

年の頃、四十をやや越したあたり、背筋をぴんと伸ばした長身の侍である。整った面立ちで鼻が高かった。御書院番組頭の三枝重大《さえぐさしげひろ》だった。城中ですれ違っても、こちらが黙礼をするだけで、答礼はない。

馬の横には、三十代半ばの用人とおぼしい侍がついている。下膨れの顔でずんぐりとした体つきだが、身ごなしに隙がない。馬の前後には、中小姓《ちゅうごしょう》や若党、中間が歩いて行く。

「いつも馬の横に控えている侍は曽根崎多三郎《そねさきたさぶろう》といってな、三枝様の懐刀だ。したたかなやつだぞ」

前に瀬尾から聞いたことがある。しかし五番方のうちだといっても、特別に関わらなくてはならない相手ではない。取り立てて気にしたわけではなかった。

二

非番の日には、藤吉は茶の湯や書の稽古をした後で、牛込岩戸町《うしごめいわとちょう》にある弓道本多流《ほんだ》の星野《ほしの》道場へ出向く。そこは弓の名門道場で、御持弓組《おもちゆみぐみ》や御先手弓組の隊士や子弟を始め、多数の番方の者が稽古に通っていた。

藤吉は江戸での最初の奉公先だった永穂家の若殿忠太郎の供で、この道場へ足を踏み入れた。舅の平内はこの道場の高弟で、習い始めた頃から藤吉の弓の才に目を留めていた。

弓術と出会わなければ、藤吉の今はない。

そういう意味では、最初に文字を教えてくれた長船村の名主の娘おあきと永穂家の忠太郎は、恩人といってよかった。

道着に着替えて、重藤《しげとう》の弓と矢を手にして道場に入る。身分の上下を越えて、多くの門弟が稽古に励んでいた。弦を引く音や飛んでゆく矢鳴りの音、的に当たる矢の音は聞こえるが、剣術道場のような竹刀がぶつかるなどの喧騒《けんそう》はない。

弓道場では、立ち向かってくる相手はいない。射手は己の乱れる心を、的の中心である正鵠《せいこく》に向けて集中させる。一人一人が、己の心と戦っていた。

「あれは、篠崎吉之助《しのざききちのすけ》殿ではないか」

二十代前半の侍が、弦を引いている。きりきりと音を立ててから、射られた矢は的に向かって飛んだ。

どすと音を立てて、矢は正鵠の端に突き刺さった。

「お見事」

と声を上げた者もいるが、道場にいる大方は関心を示していない。篠崎は御先手弓組の与力である。旧主小出の配下で、組では一番の腕前の射手だ。しかし藤吉の弓の腕を最後まで認めず、傲慢だった。田舎出の軽輩として扱い、同門としてまともに遇されたことはなかった。

それでも篠崎の弓を初めて目にしたときは、その確かさと集中力に心を惹《ひ》かれた。ただ稽古を続ける中で、心の弱さが見えてきた。いざというときに、思いもかけないしくじりをしでかす。今は篠崎の射る姿を目にしても、心を動かすことはなくなった。

篠崎は道場内で藤吉の姿を見かけても、いない者として過ごす。藤吉は出会えば黙礼こそするが、声掛けはしない。もう二度と、交わることのない相手だと思っていた。

射場に立って、藤吉は的に目をやる。心を落ち着かせた。どれほどの動揺があっても、それで矢がぶれてはならない。何人か、自分を見つめている者の気配があるが、気持ちは奪われない。雑念を捨てて、弓の弦を引いた。

どすという音を立てて、矢は正鵠の中心に当たった。

藤吉が使う重藤の弓は、すっかり手に馴《な》染《じ》んでいる。すでに体の一部のようになった。永穂家の中小姓だったときから使っているが、星野道場でも高弟しか使わないような上物だ。大事に扱っていた。

これは家禄三千石のご大身で、御小普請支配《おこぶしんしはい》を務める小笠原将監《おがさわらしょうげん》から拝領した。

小笠原家の一人娘千寿姫《ちず》の窮地に、藤吉が弓を使って事なきを得るという出来事があったからだ。このとき千寿姫からは、色とりどりの錦の端切れで自らが拵えた襷《たすき》を頂戴している。

重藤の弓と襷は、以後藤吉の宝物になっていた。

稽古を終えて、藤吉は道場奥手にある師範席に目をやった。稽古の様子をそこからずっと見ている者の気配を感じていたからだ。

「おお、これはこれは」

思わず声を上げて、藤吉は師範席に近づいた。師範の脇に三人の客人がいる。小笠原将監と娘の千寿姫、そしてもう一人は初めて顔を見るご大身とおぼしい侍だった。将監とどこか面差しが似ている。

「雑念を捨てた丁寧な稽古であった」

と将監が、上機嫌の顔で言った。師の星野も頷《うなず》いている。

「凜々《りり》しいお姿でしたよ。藤吉殿」

千寿が続けた。

「ははっ」

藤吉は心の臓が張り裂けんほどの気持ちになった。稽古を褒められたのは嬉《うれ》しいが、動揺したのはそれではない。名を呼ばれたことである。これまでは「その方」もしくは「そなた」だった。なのに今日は、「殿」までついている。

これは藤吉が香坂家の婿になり、旗本という身分になったからに他ならない。呼ばれた藤吉にすれば、小躍りしたいほどの気持ちだった。高慢で鼻っ柱がつよい姫として怖《おそ》れ、関わることを面倒がる者が多かった。しかし藤吉にしてみれば、特別の存在だった。

永穂家の奥方は小笠原将監の妹で、姪の千寿を可愛《かわい》がった。それで千寿は、よく永穂家に顔を見せた。しかし永穂屋敷を訪ねてきても、中小姓や若党など眼中になかった。藤吉にしてみれば身分も違いすぎて、ろくに口をきくこともなかった。

しかしそれでも藤吉は、そのあまりの美しさに心を惹かれた。長船村のおあき様は女神だったが、千寿に対してはそういう受け取り方をしなかった。藤吉の方が、一つ年上である。

何があっても口に出してこそ言えないが、いつか偉くなれば自分にも手が届く娘だと感じたのである。唐突でとてつもない思いだが、叶《かな》わぬことだとは考えていなかった。

機会があって、千寿に降りかかった危機を弓を使って払うことができた。以後言葉を交わせる間になり、励まされたり知恵を借りたりすることもあった。だがそれは、あくまでも上から下へのものだった。

しかし今日の接し方は、これまでと明らかに違った。侍として認めた上で、言葉を発していた。

「新御番組でのお務めは、いかがですか」

とも問いかけてきた。気にかけてくれていたらしい。

「難しい点もありますが、まずまずでございます」

百姓侍とか肥くさいなどと言われていることには触れない。近く家斉公が増上寺へ参拝を行うが、新御番衆の一人として供をする旨を伝えた。

「お励みなさいまし」

きりりとした顔で、千寿は言った。

隣にいる侍は、将監の実弟で加藤元真《かとうもとまさ》だと紹介された。歳は四十前後で、千石高の御徒士頭《おかちがしら》を務めていると知らされた。小笠原家から、婿に入ったのである。

「新御番組など五番方は、将軍家直属の隊だが、それぞれ矜持があってうまくいかぬこともあると聞く。気遣いもあるであろうが、心してお務めなされよ」

「ははっ」

加藤の言葉に、藤吉は頭を下げた。組ごとの間に、確執があることを踏まえての言葉だった。また藤吉のこれまでについても、将監か千寿あたりから聞いているらしかった。

「安西殿と三枝殿のこともあるのでな」

安西は、新御番頭である。三枝というのは誰かとすぐには思い当たらなかった。一呼吸の間を置いてから、ああと気がついた。御書院番組頭の三枝重大のことである。安西はおよそ二年前までは同じ御書院番組頭で、二人は不仲だという話を小耳に挟んだことがあった。

ただ詳細は知らない。加藤も、それ以上は口にしなかった。

少しの間話をしてから、三人は引き上げて行った。師の星野に用事があってやって来た。藤吉が稽古を始めたので、その様子を見ていたのだとか。

道場では、馴染《なじみ》のある人と出会う。長い話はできないが、千寿と言葉を交わせたのは幸いだ。重い病にあった香坂家の一人娘楓《かえで》と祝言を挙げることになった藤吉だが、その背中を押したのが千寿で、祝言の折には顔を合わせたが話をする機会はなかった。

着替えを済ませ、道場の門を出る。

「藤吉じゃねえか」

ここで声をかけられた。耳に覚えがある。振り返ると永穂屋敷の中間頭伝吉《でんきち》が立っていた。江戸へ出てきたばかりの頃は、世話になった。その後も助けてもらった。隣には忠太郎の姿もあった。

「久しぶりだ。達者に過ごしているようで何よりだ」

忠太郎が、親しみのこもった声で言ってくる。

「お陰様にて。若殿様も、お変わりなく」

永穂屋敷にいたときは、弓や学問の話をした。書物の字句の意味が分からないときには、五つ下の忠太郎に教えてもらった。

「うむ。園部先生と、その方の噂話《うわさばなし》をするぞ」

園部仁斎のもとへは、今でも通っている。そろそろ元服をという話が出ていると噂で聞いた。

「佐次郎《さじろう》や袈裟次《けさじ》も達者だぞ」

伝吉が言った。永穂家の中間たちで、寝食を共にした者たちである。

「ところでな、おめえに伝えたいことがあった。ちょうどいいぜ」

真顔になった伝吉は、忠太郎に断ってから言葉を続けた。

「おめえ、いや香坂様の妹らしい娘を、つい何日か前に見かけた者がいるんだよ」

「ええっ」

これは驚いた。藤吉にはうらという三つ違いの妹がいる。

去年の秋まで高崎《たかさき》城下にある織物問屋で女中奉公をしていたが、江戸へ出ると言って姿を消した。その後の消息は摑《つか》めていない。うらは藤吉が侍になった話を知っているので、江戸に出てきたならば、必ずいつかは訪ねてくるだろうと考えていた。

そして実際に、藤吉が小出屋敷へ移った後で永穂屋敷を訪ねてきた。そのとき伝吉らがいれば、住まいを尋ねたはずだが、相手をした門番の中間は、事情を知らない渡り者の新参だった。小出屋敷に移ったと伝えただけで、帰らせてしまったのである。

しかしその後、小出屋敷を訪ねて来ることもないまま日が過ぎていた。藤吉にしてみれば気になるところだが、連絡の取りようがなかった。

「その門番だが、殿様の御用で蔵前《くらまえ》通りまで行ったんだ。そしたら、あのときの娘を見かけたってえことで、おいと声をかけた」

中間は、名までは覚えていなかった。

「それで」

「気がつかなかったんだろう。振り向かなかった。それで追いかけたんだが、大八車が飛び出してきて、前を通り過ぎたときには姿が見えなくなっていたらしい」

「なるほど」

浅草《あさくさ》御門に近いあたりだとか。残念な話だが、どうにもならない。ただ蔵前界隈《かいわい》にいるのかもしれない、という気はした。

「ありがたい。あのあたりを、捜してみよう」

わざわざ伝えてくれたことに、感謝をした。

うらは十歳になった春に、口減らしのために離れた宿場へ子守奉公に出されることになった。心細さと不安で、胸がいっぱいだったに違いない。名主屋敷にいる藤吉のところへ会いに来た。

そのとき藤吉はうらの気持ちを察したが、どうすることもできなかった。おあきから貰《もら》った金平糖の一粒を口に入れてやり、残りを紙に包んで持たせた。このときうらは、「あんちゃん」と言って泣いた。

甘いものを口にするなど、ないままに過ごしてきた娘である。口中に広がった甘さが、兄の自分への思いの深さだと感じたのだろう。悲しいことでは泣かない妹だが、藤吉の情に触れて涙を流したのだ。

うらとは、それきり会っていない。

門前で、忠太郎と伝吉とは別れた。急ぎの用があるわけではないので、藤吉は蔵前通りへ足を延ばすことにした。

浅草御門を北に潜《くぐ》る。広い蔵前通りが北に延びている。荷車や駕籠《かご》、人が行き交って、賑《にぎ》やかな通りだ。彼方に御米蔵の大きな建物もうかがえる。

通りを見回したところでどうにもならないので、近くの町の自身番を四つ廻《まわ》った。上州長船村出の十六歳、うらという娘が町にいないかと尋ねたのである。

「さあ、聞きませんねえ」

四つとも、応対した書役や大家は首を傾《かし》げた。

三

家斉公による、増上寺への参拝の日となった。

江戸城最大の間である大広間の東側には、唐破風《からはふ》の御駕籠台がある。ここには将軍のための溜塗惣網代棒黒塗の駕籠が、すでに据えられてあった。全体に細い檜《ひのき》の薄板を、網代に編んで張ってある。手の込んだ意匠だ。

御駕籠台の脇には、黒絹の羽織に脇差を差した陸尺《ろくしゃく》が平伏して控えている。前後五人、十人で担《にな》う御駕籠だった。これには、手替わりの陸尺十名も行列の中に加わる。

御駕籠台前の庭には、供をする番方が整列し、平伏して家斉公の出座を待っている。駕籠台の一番近くに控えているのが、書院番の番士たちだ。今回これを束ねる組頭は、三枝重大だった。

小姓組の者たちは、ここで見送りをする。

書院番士たちは城内から増上寺の玄関まで、家斉公に最も近いところで供をする。新御番組は先駆けとして、この一団より先に城門を出た。

「百姓侍も、隊列に加わるのか」

「くさい、くさい。将軍家に対して、ご無礼ではないか」

朝比奈の一派が、聞こえよがしに言っている。藤吉はすべて聞き流した。番士になって、最初の将軍の出行だ。嫌がらせにかまってはいられない。

藤吉は小出屋敷にいた折に、家斉公の増上寺参拝にあたって、警固の一員として加わったことがある。先手弓組は、増上寺境内《けいだい》の警固が主たる任務だった。境内には、寺社奉行配下の者たちも控えている。

山門の前は、御鉄砲百人組が警固に当たる。

街道の要所には、町奉行配下の者が位置につく。すでに先触れが出ていて、将軍家の行列が通る頃には、街道は通行止めになる。町人は家の中に引きこもるか、道に出る場合は、端に寄って平伏をしなくてはならない。行列が行き過ぎるまで、頭を上げることは許されなかった。

将軍が寛永寺《かんえいじ》や増上寺へ参拝に出向くのは、番方の幕臣にとっては大きな出来事といっていい。隊列を組み速やかな行動をしなくてはならない。もたもたしていれば、「何をしている」と責められる。大きなしくじりでもあれば、当事者はもとより、番頭や組頭までが降格や減封といった憂き目に遭う。

打ち続く太平の世の中で、戦乱はない。武官である番方が、その行動力を示す数少ない機会の一つといえた。将軍を襲う者などあり得ない。それを承知の上での、各組の働きだ。

もちろん市井《しせい》の者に、将軍家の威厳を示す場でもあった。

小出屋敷にいたときは、ただたいへんで畏れ多い出来事だと思うだけだった。だが新御番組の番士になって、藤吉はその本来の意味を理解した。だからこそ、水も漏らさぬ慎重な動きが必要になる。

先駆けの任務を済ませた新御番組の一同は、大門前に整列する。地べたに片膝をついて、御駕籠の到着を待つ。これは番頭も組頭も同じだ。

冬の日差しが、幅広の道を照らしている。掃除は行き届いていて、枯れ葉一つ落ちていない。

そしてついに、行列の先頭をしてきた御鼻馬が見えてきた。これに挟箱《はさみばこ》の者が続く。一同は低頭をした。

　将軍を乗せた御駕籠が境内に入ると、新御番組の者たちは一息をつく。何事も起こらなかったことに安堵《あんど》する。

「帰路も、気を抜いてはならぬぞ」

　組頭の新庄が、一同に気合を入れた。そしてしばらくして、境内から、読経の声が聞こえてきた。

　参拝を済ませた家斉公は、寺内で昼食をとる。再び大門が開かれたのは、昼八つ（午後二時頃）過ぎだった。

　いよいよ城へ戻る。御駕籠の一団よりも先に、隊列を組んで街道を進む。もちろん妨げる者などいない。広い四つ角には、町奉行所の与力や同心が控えていた。平伏する町人の姿が見える。藤吉は弓矢を手にして、新御番組の一団のしんがりに近いあたりを歩いていた。この一団の十間あたり後ろに、御鼻馬が続く。

　藤吉は、行列の先に目をやっている。広い通りでも裏道に繋がる横道が、次々に現れる。何かがあるとも思えないが、それでも気持ちを向けていた。

「はて」

横道が迫ってくる。町を分けるような通りではない。ただ気になった。何かが動く気配を感じたのだ。町人は、街道に出るならば平伏して御駕籠が過ぎるのを待たなくてはならない。

そして驚くべきことが起こった。その横道から、二頭の鞍《くら》をつけない馬が飛び出してきたのである。

鞭《むち》を入れられた直後らしく、新御番組の隊列を目指して突っ込んでくる。

「ああっ」

番士は突然のことに、驚きの声を上げた。隊列に、乱れが起こるのは当然だ。

「おのれっ。取り押えよ」

叫んだのは、番頭の安西だ。馬が飛び出してくるまでは、どうしようもない。しかし街道に出てきて、隊列に突き込んでくる馬に対処するのは新御番組の役目だ。もたもたすることはできない。

「おう」

もちろん番士の者たちは、日頃の修練を積んでいる。腰抜けではないから、槍《やり》の鞘を払った者もいる。腰の刀を抜いた者もあった。

先頭を駆けてきた馬に、槍を持った複数の番士が駆け寄る。数人がかりで、槍を突き出した。

「ひひん」

馬は嘶《いなな》きを上げて、興奮の様子を見せた。馬なりに、危険を感じたらしかった。

それでも容赦なく、数本の槍が馬体に突き刺さった。勢いのついていた馬だが、それだけに前のめりになって、地べたに転がった。あたりに振動と土埃《つちぼこり》が起こっている。

けれども馬は、もう一頭あった。こちらにも新御番組の番士が近づいたが、槍を突き刺すことができたのは一本だけだった。暴れ狂う馬に、刀では対応できない。

傷を受けた馬は、さらに荒れた。

瞬く間に新御番組の一団を破って、御鼻馬に駆け寄って行く。狂馬といっていい状態だ。怖れた御鼻馬は、道の端に避《よ》けた。

ここで将軍の御駕籠を守る書院番士が、掛け声を上げて前に出てきた。どれも憤《ふん》怒《ぬ》の表情だ。

このまま馬が突進すれば、将軍の御駕籠を直撃する。これだけは、命に代えても防がなくてはならない。

　真っ先に駆け寄った書院番士がいたが、これは馬に蹴飛ばされて地べたに転がった。

「ああっ」

　と声が上がっている。

　このとき藤吉は、重藤の弓に矢をつがえて弦を引いていた。馬の首筋、急所に当たる部分に狙いをつけている。二の矢を継ぐ暇はない。一本の矢で仕留めなくてはならなかった。

「やっ」

　気合と共に、矢を放っている。馬の命を奪うのは忍びないが、他に手立てはなかった。新御番組も書院番組も、暴れ馬の制御ができなかったのである。

「ひん」

　矢は暴れ馬の首に突き刺さった。馬はその一矢で、体の均衡を一気に崩した。口から泡を吹いて倒れ込んだ。

　将軍の駕籠の、十数間ほど前でだった。

このとき新御番衆は、倒れた馬に駆け寄っている。番士は一斉に馬の足に手をかけた。首に縄をかけた者もいた。馬を行列の道から外した。

このとき書院番士は、御駕籠を守る隊列に戻っていた。

「進めっ」

号令をかけたのは、書院番組頭の三枝重大だった。起こった出来事に、まったく動揺をしていない。

馬の姿が街道になくなると、当初の隊列が整えられた。刀や槍も、鞘に納められている。

新御番組も、馬の始末を町奉行所の者に任せ隊列を整えた。

行列は芝口橋《しばぐちばし》に向かう。何事もないまま橋を渡り、家斉公を乗せた御駕籠は無事城内に入った。

「ふう」

城内控えの間に戻ったとき、誰かがため息をついた。番士の顔に、疲労と焦燥、怖れが浮かんでいる。

この場には番頭の安西や組頭新庄の姿はない。家斉公か、老中あたりに呼ばれているのに違いなかった。

「大殿様は、激怒なされているであろうな」

初老の番士が言っている。

将軍は気性の激しい人だと聞いている。御駕籠から姿を見せることはなかったが、このまま何事もなく済むとは、誰も思っていなかった。

まだ一日は終わっていない。

四

新御番衆の面々は、悄然《しょうぜん》として城内控えの間に詰めている。半刻（約一時間）過ぎても、一刻（約二時間）たっても、安西も新庄も姿を見せなかった。

二人が戻り、沙汰《さた》を受けるのを、固唾を吞《の》んで待っている。声を上げる者はいなかった。

閉じられた襖《ふすま》の向こうから、話し声が聞こえてくる。廊下を行く者たちの足音が響いていた。

「裸馬二頭に闖入され、隊列はばらばら、おろおろするばかりの体たらくだったそうだぞ」

「情けない話だな。あれで直属の番方が務まるならば、何の苦労もない」

「いかにも。日頃怠惰な暮らしをしているから、ああなるのだ」

わざと聞こえるように言っている。小姓組の者たちだ。

部屋の者たちは、悔しさをにじませた顔で聞いている。言い返したいところだが、それができない。何であれ二頭の裸馬を、すぐに始末できなかったのは明らかだった。

小姓組の者は、それを嘲笑《あざわら》ったのである。

「誰かが、腹を切らねばならないのではないか」

廊下に人の気配がなくなったところで、番士の一人が言った。どきりとした顔を、多くの者は見合わせた。

返答をする者はいない。

「御駕籠の直前で馬を射るとは、何たる不祥事。なぜもっと早く、射倒すことができなかったのか」

ここで藤吉を責める声が上がった。発したのは朝比奈だった。

「いかにも。御前を血で穢《けが》しおって」

「まったく、迅速な動きができぬやつだ。弓の腕を買われて婿に入りながら、何の役にも立たず、組の足を引っ張る」

すべての責が、藤吉にあると言わぬばかりの口ぶりだ。朝比奈を始めとして、声を発している者たちは、すべてあの場にいた。狂馬を前になすすべもなくいた己らについては、まったく触れない。

「しかしあの馬を放ったのは、何者か。馬があの場を選んだわけではあるまい」

朝比奈らの雑言を遮るように、瀬尾が言った。

「さよう。何者かが、新御番組の隊列を乱すために仕組んだと思われるぞ」

と他の者も応じた。

「うむ。許せぬ者たちだ」

次々と声が上がった。藤吉を責める朝比奈らの声は、これでかき消された。なぜあの場に裸馬が現れたのか。これは居合わせた者すべてが疑問に思っていたことだ。

「小姓組か書院番あたりではないか」

「小十人組ということもあるぞ」

と声が上がった。不仲な、番方の各組を挙げている。日頃からの不満もあるようだ。

「おい、声が高い。証拠もなくて、軽々しく口に出してはならぬ」

これを言ったのは、年嵩《としかさ》の番士だ。

そこで襖が開かれた。入ってきたのは、安西と新庄だ。話をしていた者たちは一斉に口を閉じ、二人に目をやった。

何かしらの沙汰が、新御番組に下されたはずである。

二人は一同とは向かい合う形で座った。どちらも厳しい表情だ。口を開いたのは、安西の方だった。

「大殿様におかれては、極めてご立腹であった」

まずそう告げて、一同を見回した。当然だと思うから、声を出す者はいない。安西はそのまま続けた。

「ただ大殿様は、暴れ馬を一矢で仕留めた香坂の弓の腕をお褒めになられた」

「ほう」

と小さく声を上げた者がいる。しかしそれに不満の響きは混じっていなかった。

「馬の急所を射ていた。尻に当たっただけならば、かえって暴れたはずだ。馬にも詳しい者だろうとの仰せだった」

「それはそれは」

一同に、微《かす》かながら安堵の空気が流れている。しかし安西は、それを断ち切るように言った。声が高くなっている。

「だが、馬の侵入を防ぎきれなかったのは、新御番組の落ち度であると激怒なされた」

緩みかけた一同の表情は、再び厳しくなった。完璧な護衛ができたとは、誰も考えていない。新庄も、大きく頷いている。

「馬を放った者を、新御番組で捕えよ。というのが、大殿様のお指図だ」

「…………」

誰かが腹を切らなくてはならないのでは、と口にしていたくらいだから、この程度で済むならばありがたい沙汰といっていい。しかしあの二頭の裸馬だけで、何が分かるか。難題なのは明らかだ。

　ここで新庄が取って代わった。

「探索は、町奉行所でも行っている。我らはこれに後れを取ってはならぬ。何としてでも、先に捕えるのだ。それ以外に、汚名を雪《そそ》ぐ道はない」

「ははっ」

　一同は声を上げた。事があったのは、新御番組の中でも新庄の組が中心になっている。今いる面々が、動かなくてはならない。

　家斉公はこの事件について、激怒していると安西は言った。そこで藤吉は、将軍の激怒の対象は、隊列を乱した新御番組ではないと受け取った。二頭の裸馬を放って、将軍の行列を乱した者に対しての怒りだ。

　権威を踏み躙《にじ》る行為と受け取ったのだろう。家斉公は気分屋ではなく、武家の世の秩序を守ることに重きを置く人なのだと藤吉は考えた。

　裸馬の死骸は、鈴《すず》ヶ森《がもり》に運ばれている。どこの馬か調べなくてはならないし、どういう経路で二頭があの路地へ行ったか、そういうことも聞き込まなくてはならない。当然それらについては、町奉行所の者たちも洗っているはずだから、新御番組の者たちも急がなくてはならなかった。

とはいっても、新御番組の江戸城に詰めるというお役目を捨て置くわけにはいかない。朝比奈が芝《しば》へ向かう者十名を選び出した。

藤吉もその中に入りたいと告げたが、許されなかった。

「その方は、城に残れ。田舎者では、江戸の道筋に暗かろう」

相手にされなかった。一矢で暴れ馬を倒し、将軍からお褒めの言葉を貰ったが、それについてはまったく無視をしていた。

そして十人の者たちは、控えの間から出て行った。残された面々の中には、藤吉だけでなく、瀬尾の顔もあった。

「慌てずともよかろう。闇雲に動いても、手掛かりを得られるとは限らぬからな」

「まあ、それはそうですね」

藤吉にも、分かっていることだ。次の番と交代をし、下城してからでも調べはできる。

「朝比奈が貴公を外したのは、さらに手柄を立てるのを怖れたからだ。好きなようにさせればよかろう。あの傲慢な態度や物言いでは、問われた者も素直には答えまい」

冷めた口ぶりだった。それよりも気になることがあるらしく、藤吉に問いかけをしてきた。

「あの馬だがな、どういう馬か分かるか」

「それですが、拙者も気になっていました。武家のものではないように存じます」

武家の馬は、侍を乗せて速く走ることを第一義とする。また敵への襲撃のために、身を隠していなければならないこともあり、そのあたりの躾《しつけ》は注意して行う。永穂家や小出家で厩《うまや》の担当をしていた身としては、常に気をつけていた。

だがあの二頭は、そうした訓練を受けてはいなかったと思うのである。また馬体の肉付きから考えて、威力はあっても速く走れるものにはなっていなかった。

「田を耕すか、荷を運んでいたと思われます」

この見方には、自信があった。

「そうであろうな。屋敷の馬を使っては、己がけしかけたと白状をするようなものだ」

「はい。どこから連れてきたか、まずは当たらなくてはなりません」

しかし問題はそれだけではない。確かめておかなくてはならないことがあった。

「先ほども出ましたが、この度の件については、新御番組に対して恨みのある者の仕業とも考えられます」

「断定はできぬが、その線も洗わねばなるまい」

藤吉の言葉に、瀬尾も同意した。

「書院番や小姓組など、どこの組があのようなまねをするでしょうか。思い当たることがあったら、お話しいただきたく存じます」

新御番組の番士になって、まだ日の浅い藤吉にしてみれば、他の組との不仲は漠然と感じていても、具体的なことは何も知らない。大まかなものだけでも、聞いておきたかった。

「そうだな。朝比奈らは居丈高だが、上にはへつらう。しかし逆に、家格の低い小十人組には倣岸な態度を取る。あやつらはしつこいからな、折々やられている小十人組にしてみれば、一泡吹かせてやろうと考える者が現れても、おかしくはなかろう」

これはありそうだった。藤吉も、朝比奈らからはさんざんやられている。

「小姓組も、先ほどの廊下でのやり取りのように、新御番組を軽んじるところがある。からかってやれと思う者も、ないとはいえまい」

これは書院番の者も同じだろうと言い足した。

「では特別な誰かを恨む、ということはないでしょうか。安西様と書院番組頭の三枝様の間にも、何かがあるとの話を耳にしたことがあります」

星野道場で、御徒士頭の加藤元真が口にしていた。それを思い出したので問いかけたのである。

「詳しいことは分からぬが」

と前置きした上で、瀬尾は話した。

安西は二年前まで、役高千石の書院番組頭だった。これは藤吉も耳にしている。しかし家斉に認められて二千石高の新御番頭に抜擢《ばってき》をされたのである。

「三枝殿は、それを妬んだという話でな」

「ご自身が、選ばれると考えていたのでしょうか」

「まあ、あり得ぬことではなかろう。ただな、安西家は家禄が千五百石だった。格下の役に就いていたので、とんでもない話とは受け取れぬ。そもそも三枝家の家禄は、千石だからな」

「では、三枝様が安西様に何かの意趣があって事をなした、とは考えられないでしょうか」

「ないとはいえまい。あの方は、朝比奈と似ていて、しつこい質《たち》だと聞いている。根に持っていれば、やりかねないご仁だ」

とはいっても、あるいはという程度の話だった。

五

夕刻前、城を出た藤吉は下馬札の前で迎えに来ていた中間に、身に付けていた肩衣を預けて引き上げさせた。自分は事件のあった、芝へ行くつもりだった。舅と姑は事件を聞いて案じているだろうから、概略だけは中間に話して、屋敷で老夫婦に伝えるように命じた。

瀬尾は小姓組に遠縁の者がいるというので、そちらへ行く。組内に、不審な動きがないか様子を探るのである。それらしい動きがあれば、馬と不審者の二つの面から探っていける。

馬が飛び出してきたのは、大門《だいもん》通りから東海道に入って北へ向かい、宇田川町《うだがわちょう》へ入ったあたりだった。町方も朝比奈ら新御番組の者も聞き込みをしているはずだが、自分の目や耳で状況を確かめたかった。

行列の折は、幅広の通りに人の姿はなかった。いても道の端に寄って平伏していたから、目の前を塞ぐものはなかった。しかし今は、人や荷車や駕籠などが行き来をしている。遠路の旅人が江戸に着いて、旅籠《はたご》に足を踏み入れる姿も見受けられた。

夕暮れどきの町の様子を見ていると、昼間の出来事などまるで夢で見た場面のようにも思われた。

まずは馬が飛び出した横道へ行った。そこは薬種屋のある脇で、店先にいた手代に問いかけた。

「二頭の馬ですが、私どもは気づきませんでした。何しろ御行列ですから、お客も来ませんし、外にも出られませんから、店の倉庫で品揃えをしたり、帳付けをしたりしていました。馬の嘶きに気づいたのは、あの騒ぎがあるほんの少し前でした」

気がついたら、横道にいた。それさえ気づかなかった者もいたとか。

「ではそれまで、馬が近くにいたことはないのか」

「店の者は、誰も気がつきませんでした」

手代は答えた。この問いは町奉行所の者や、後から来た新御番組と名乗る侍からも受けて、店中の者で確かめた。間違いないと告げられた。

横道の反対側は仏具屋だった。ここでは主人から話を聞いた。初老の夫婦が、小僧を一人だけ使っている店である。

「気がついたのは、騒ぎが大きくなってからです。横道に馬がいたことさえ分かりませんでした」

これでは話にならない。町方も朝比奈らも、ここからは何の手掛かりも得られなかっただろう。

そこでさらに横道にある小店《こだな》やしもた屋に、問いかけをしてみようと考えた。豆腐屋があったのでそこで話を聞いた。しかし薬種屋や仏具屋と、さして変わらない話を聞いただけだった。

通りに出て、居丈高な物言いをする男の声が聞こえた。横道のさらに奥へ入ったところからだ。

「あれは」

偉そうな態度をした侍三人が、町奉行所の与力と岡っ引きに問い質《ただ》している。その三人は朝比奈を始めとする新御番組の者たちだった。

馬がどうしたという問いかけで、朝比奈らが責め立てている口調だった。苛立《いらだ》っている気配が見て取れた。

将軍に近侍する番方であることを笠に着た、傲慢な態度だ。町方の不浄役人と、相手を見縊《みくび》っている。

「調べをしている途中でしてな、まだお伝えするところにはいたってござらぬ」

しかし与力は怯んではいない。むしろ落ち着いた物言いといってよかった。岡っ引きも、恐縮している気配はなかった。

その与力と岡っ引きを、藤吉は知っている。南町奉行所の平田《ひらた》一之進《いちのしん》と市次《いちじ》だった。

小出家の家臣として、前に藤吉は家斉公の増上寺参拝の警固に加わった。このとき近隣の町で付け火騒ぎがあった。平田らとは共に消火に当たって、小火《ぼや》で済ますことができた。

以来、親しい付き合いをしてきた者たちである。

平田と市次は、芝を町廻りする同心らと、今日の事件の聞き込みをしていたとうかがえる。それで朝比奈らが、声掛けをしたのだと思われた。

「ぼやぼやするな。将軍の御行列を穢した馬だぞ。調べを進め、分かったことは、速やかに我らに伝えなければならぬ」

傍で見ていても、偉そうで腹の立つ言い方だった。

「承った。その折には、お伝えいたそう」

腸《はらわた》は煮えくり返っているのかもしれないが、平田は気持ちを表に出さず応じた。

「よし。分かればよい。怠るなよ」

そう言い残すと、朝比奈らは平田や市次から離れた。藤吉は物陰に身を寄せて、三人を行かせた。細い道は、すでに薄闇が覆っている。

そこで藤吉は、残った二人に近づいた。

「こりゃあ、お久しぶりで」

まず市次が気がついて、声をかけてきた。二人と会うのは、香坂家に移ってからは初めてだ。

「ご活躍の様子で、何よりですな」

平田が、それまでとは別人のように顔を和ませて言った。

「いやいや、いろいろと助けていただきました」

藤吉も応じた。

「あいつら、新御番だとかなんだとかって、偉そうに言いやがって。いけ好かねえやつらでして」

不満を抑えかねる様子で、市次が口にした。

「済まなかったな。あのような物言いしかできぬ者でな」

なだめるつもりで話した。

「いきなりやって来やがって、分かったことをすべて伝えろとか抜かしやがった。どれだけ偉《えれ》えか知りやせんが、ふざけるなと思いやしたぜ」

市次は怒りが収まらない、という顔で返した。横にいる平田も、苦笑いをしている。

「いや、実はな」

藤吉は、今の者たちが自分と同じ新御番組の者であることを伝えた。昼間の一件に絡んで、馬を放った者を捕えなければならない事情を伝えたのである。もちろんそれには、自分が香坂家に婿に入った事情も含めて話した。

「さようでござったか。まずは重畳」

平田はそう、祝ってくれた。

「あっしは旦那のお役には立ちますが、あいつらのためには、何もしませんぜ」

市次は話を聞いた後でも、朝比奈らに腹を立てていた。もちろん藤吉が、直参になったことには喜んでくれたが……。それとこれとは別らしかった。

「それで、二頭の馬については、何か分かったのでしょうか」

平田に問いかけた。

「こちらの調べでは、朝からこのあたりに、他の町から馬を引き入れた者はありませんでした」

町方の者は、早朝から周辺の町廻りを丁寧にしていた。町木戸の者も、馬を目にした者はいなかった。将軍の参拝の当日は、常とは違う動きをしている。町方としても、手を抜いてはいなかったのである。

「では、どこに」

当然浮かんでくる疑問だ。

「そこで我らは、前夜からどこかに馬を置いていたと考えました」

馬二頭を、置いておけそうな場所を探したのである。

「それで聞き込みをしやしたらね、昨日の夜に馬を引いている姿を見た者がありやした。暴れ馬じゃあ、ありやせんでしたがね」

市次が引き取って続けた。

「厩舎でもあったのか」

「そんなものはありやせん。でも空き家があることが分かりやした」

声を落として応じた。朝比奈らには、聞かれたくないらしい。

平田と市次は、その空き家へ行こうとしていたところで、朝比奈らに呼び止められたのだった。しかし傲岸な問いかけ方に腹を立てていた二人は、伝えなかった。

「一緒に、行きやしょう」

市次は言った。

話をしていた場所から、さらに道の奥に入った古いしもた屋だった。袋小路の、どん詰まりに近いあたりだ。五十坪ほどの敷地である。朽ちかけた木戸門を押し開けて、中に入った。ここで市次が、携帯用の提灯《ちょうちん》を灯《とも》した。

「建具職人の家だったようです」

老職人が亡くなって、そのまま空き家になったそうな。母屋の脇に、仕上がった建具を置く小屋があった。空き家になって、半年くらいになるという。

「馬二頭ならば、ここに入れておけそうだ」

平田が呟いた。

猫の額ほどの前庭があり、そこには雑木や枯れ葉といったものが積もっている。提灯で照らしたが、ひづめの跡などは見当たらなかった。

「小屋を開けてみましょう」

市次はそう言って、戸に手をかけた。思いがけなく簡単に戸は開いた。提灯であたりを照らす。もちろん小屋の中には何もない。しかしそこには、明らかに馬のにおいが残っていた。

長く馬に関わってきた、藤吉だけが分かるにおいだ。

提灯で床を照らす。ところどころに、少しばかりの毛が抜け落ちているのを発見した。まだ新しいものである。

「馬を潜ませていたのは、ここですね」

藤吉は断言した。

そこで三人は、隣家のしもた屋へ行った。住人は四十歳前後の錺《かざり》職人で、六造《ろくぞう》という者だった。一人暮らしで、昨日は一日家にいた。

「ええ。ちらとですが、お百姓みたいな身なりをした男が馬を連れて来る姿を見ました」

暮れ六つ（午後六時頃）過ぎだったが、提灯の柄を戸の入口にひっかけていた。それで姿が見えた。酒を買うために、家を出ようとしたところだった。

「背丈は中背で、ずんぐりとした体つきでしたね。歳の頃は、二十代の前半くらいでしょうか。面長で、鼻が大きい人でしたね。身なりはお百姓みたいでしたけど、お侍のような気もしました。背筋がぴんと伸びていて」

とはいっても、淡い明かりの中で少しの間目にしただけである。はっきり覚えているわけではないと言い足した。

しかしこれは、手掛かりといっていい。

「その馬に違《ちげ》えねえ。どうやってここまで連れてきたか、気合を入れて聞き込みやすぜ」

市次が言った。平田も頷いている。

「分かったことは、香坂屋敷にだけお伝えしますぜ」

にまりと笑みを浮かべて、市次は付け足した。

六

翌日の登城時、中之口御門の傍で番方の侍が二、三人ずつでたむろしていた。朝比奈がいる新御番組と、書院番三枝組の者たちである。

「たかがあのような痩せ馬を、止められぬとは情けない」

「まことに、腰抜けどもの集まりだ」

新御番組と名指ししているわけではないが、明らかに昨日の芝でのことを言っている。三枝組の者たちだった。昨日は襖の向こうで、小姓組の者たちがあからさまな雑言を残して通り過ぎた。

何かしくじりがあると、間を置かずそこを責める。物言いも執拗だ。

「腰抜けというと、痩せ馬に蹴飛ばされて、地べたを転がった者がいたな。あれはどこの組の者であったか」

「そうそう。軟弱な鍛錬のできていない、やからでござった」

これは朝比奈らが言っている。

面と向かい合ってではない。それぞれが仲間内で言い合って、相手に聞かせている。直《じか》にぶつかって喧嘩《けんか》騒ぎになれば、厳しい処罰を受ける。かっかとして殴りかかりでもしたら、狼藉《ろうぜき》を働いた者として番士の地位を失う。減封ということもあるから、そこまで腹を据えて口にしているわけでもない。

書院番衆の方が、新御番衆よりも古くからあり家禄も多い。そこに傲慢さが潜んでいて、新御番衆には妬みがある。これが将軍家の親衛隊かと思うと情けないが、「やめろ」と言って聞くような者たちではなかった。

控えの間に入ると、瀬尾の顔が見えた。藤吉は傍へ寄って、昨夕芝で見聞きをしたことを伝えた。

「そうか。与力殿や岡っ引きは、朝比奈らを嫌ったか。さもありなん。あやつらあの調子で問いかけをしても、何も得られぬだろうな」

瀬尾は腹を立てる様子も見せず口にしてから、話題を変えた。昨日は下城後、遠戚の小姓組の屋敷を訪ねたが、その中身を伝えてよこした。

「昨日の件は、小姓組の者の多くが新御番組の落ち度として面白がったのは確かだ。とはいっても、すべてではないぞ」

「それはそうだと存じます」

「小姓組の者たちの関心は、誰が馬を放ったかということだったらしい」

「偶然ではない、という考えですね」

「いかにも。たとえ御駕籠を目指してはいなくとも、大殿様の行列に馬を放ったとなると、これはただごとではない。明らかになれば、腹を切らなくてはならない案件だ。そこまでするほど新御番衆に恨みや怒りを持つ者は、小姓組にはいないのではないかという話だった。もちろん、他に何か人の知らぬ恨みが潜んでいれば別だが」

「口でからかう程度だ、というわけですね」

「まあな。そして気になる話を聞いてきた」

ここで瀬尾は、周囲を見回した。そして声を落として続けた。

「二年ほど前に、安西様が書院番組頭から新御番頭に昇進された件だ。これはほとんど知られていないが、あのとき昇進の候補に、三枝様の名も挙がっていたという」

「そのことを、三枝様はご存じだったのでしょうか」

「あのご仁には、縁筋にご大身がいくたりかある。耳にしていたと考える方が、順当だろう。それらが背を押して、有力だったと聞いた。しかしな、大殿様の鶴の一声で安西様に決まったらしい。大きな声では言えぬが、あのご仁は根に持つ質だからな……。何かの折に、安西様に恥をかかせようと考えたとしても、おかしくはない」

「何であれ行列の隊列を乱されれば、安西様は面目を潰しますからな」

「そうだ。貴公が矢で、暴れ馬を射倒した。あれがあったから素早い馬体の始末ができ、事はあの程度で済んだ。仮に馬が御駕籠にぶつかりでもしたら、安西様や新庄様は、ただでは済まなかったはずだ」

「もし安西様が失脚なされたら、その後釜は」

「当然、三枝様の名も挙がるであろう」

これはあくまでも勝手な推量だ。ただ三枝を探ってみる価値はありそうだった。

そこで藤吉は、問いかけた。

「三枝組の者の中で、これまではしきりに酷《ひど》いことを口にしていて、今回に限ってはおとなしい者はいるでしょうか」

「なるほど、そやつが怪しいと見るわけだな。よし、調べてみよう」

瀬尾は言った。瀬尾は番方の中では顔が広い。それとなく聞き込みをしてくるだろうと、藤吉は期待した。


下城の刻限になった。帰り支度をしている藤吉のところへ、瀬尾が近づいてきた。

「共に城を出よう」

というので、同道することにした。瀬尾の屋敷は水戸《みと》徳川《とくがわ》家上屋敷に近いところで、浜町河岸の香坂屋敷とは方向が違う。呉服橋《ごふくばし》御門の橋の袂《たもと》にある茶店に入って話をした。

藤吉が依頼をした件について、その結果を伝えてきたのである。

「三枝組の番士で、中根《なかね》一郎太《いちろうた》という者がいる、存じているか」

「顔だけは、分かります。あの方も、なかなか口煩《くちうるさ》い方ですので」

藤吉は、「新御番組には、肥くさい百姓侍がいるそうな」とやられたことがあるので、顔と名は覚えていた。三十前後の歳の者で、代々の書院番士だ。小野《おの》派一刀流の遣い手だという噂も聞いた。

「いつもは、何かあると先頭に立って雑言を口にするやからだが、今回に限ってはそれがないという。そこで注意をして見ていたが、確かにあれこれ言う者たちの中に加わらない。常とは異なる動きだ」

他にも一、二気になる者がいるが、中根が一番不審だと言った。

とはいっても、気持ちが大きく動いたわけではなかった。

芝の錺職人六造は、ちらとだが馬を空き家に連れてきた者を見たと話していた。侍かもしれないとは言ったが、背丈は中背でずんぐりとした体つき、歳の頃は二十代の前半くらいだと言った。中根は中背だが、歳は二十代後半で面長でもないし、鼻が大きい者でもなかった。

ただ書院番士は、騎乗での警護も行うので、馬の扱いは慣れているはずだった。

「中根殿のお屋敷は、どこですか」

「小石川《こいしかわ》だ。音羽《おとわ》通りに近いあたりだ」

瀬尾の屋敷にも近そうだ。

「様子を見にまいりましょうか」

「うむ。そのつもりで声掛けをしたのだ」

そう言って、瀬尾は茶店の代を払った。迎えに来た中間を帰し、二人で小石川へ向かった。

中根の屋敷は、神田《かんだ》上水白堀《しらほり》の北側に位置する武家地の中にあった。屋敷の規模は、瀬尾や香坂家とほとんど同じようなものだった。

二人でしばらく長屋門の様子を眺めていたが、人が出てくる気配はなかった。しんとしている。そこで近くの辻番小屋へ行った。

小銭を与えて番人の老人に、中根家の様子を問いかけたのである。

「中根様のお屋敷には、四十代の用人と二十代前半の若党が二人、それに中間が三人います」

用人は譜代で、後は渡り者だろうと番人は言った。とはいっても、若党の一人は、もう二年くらい奉公をしているそうな。

「若党の名は分かるか」

「さあ、そこまでは」

番人は首を傾げた。どちらも歳は二十代前半で、一人は長身だが、もう一人は中背だと言った。中背の方が、二年近く奉公をしている者だ。

「顔付きですか……、やや面長で鷲鼻《わしばな》だと思いますよ」

「そ、そうか」

藤吉と瀬尾は顔を見合わせた。

屋敷では馬を飼っている。その世話をしているのが、鷲鼻の若党だそうな。馬の扱いに慣れている者だ。

こうなると、その若党の顔を見たくなった。しかし屋敷を訪ねるわけにはいかない。そこで番小屋で、出てくるのを待つことにした。待ちぼうけを喰《く》らっても、仕方がないという気持ちだ。

たっぷり、半刻ほど待った。あたりは薄暗くなっている。ようやく若党らしい若い者が、潜り戸から出てきた。顔つきは面長で、鷲鼻。大きい鼻といってよかった。

音羽町の方向へ歩いて行く。藤吉と瀬尾はこれをつけた。

若党が行った先は、小売りの酒屋だった。見ていると、一升の酒徳利《さかどつくり》を持って店から出てきた。そして来た道を戻って行った。寝酒を求めに出たのかもしれない。

藤吉と瀬尾は、その酒屋に入った。店番をしている中年の女房に問いかけた。

「今の若い者は、中根屋敷の者だな。名は何という者か」

瀬尾が尋ねた。

「はあ、田山吉也《たやまきちや》様といいますが」

これだけ聞けば、充分だった。藤吉と瀬尾は引き上げた。

香坂屋敷に帰った藤吉は、芝の市次宛てに文をしたためた。分かった大まかを記した上で、錺職人の六造に、田山の顔を見させてほしいと依頼したのである。

屋敷の中間に持たせた。

七

「ええ、小石川ですかい。下手をしたら、一日かかりますぜ」

市次が声をかけると、六造はいかにも迷惑そうな顔をした。芝から小石川へ行くのは、江戸の端から反対の端へ行くようなものだ。しかもいつ屋敷から出てくるか分からない者を、待つのである。

「いいか、これは将軍様の行列を邪魔したかもしれないやつを、洗い出すお役目だぞ。おめえそれを、嫌だと抜かすのか」

腰に差した房のない十手《じって》に手を触れさせながら、市次は脅した。

「でもねえ、急ぎの仕事があるんですよ」

「力を貸せば、おめえに何かあったときは、力になるんだぜ。町方に恩を売っておくのは、先のことを考えれば、おめえのためになるじゃねえか」

ともあれ市次は、ぐずる六造を連れ出した。切絵図で、中根の屋敷の場所は確かめていた。「昼飯は、おれが奢《おご》ってやるぞ」と言い聞かせている。

片番所のある屋敷はすぐに分かった。辻番小屋に入ると、中根屋敷の門先が見える。番人に銭をやって、ここから見張れるように頼んだ。

番人の話では、主人の中根が城へ向かうにあたって、供をしたのはもう一人の若党と中間だった。ならば田山は、屋敷から出ていないことになる。

雨こそ降らないが、空は曇天。吹き抜ける風は冷たかった。番小屋は戸を開けたままにしているから、かなり寒い。火鉢が置かれているが、番人は吝《しわ》い老人で、なかなか炭を入れない。自分は褞袍《どてら》にくるまっている。

市次は銭を与えて、炭をいけさせた。

一刻が過ぎ、一刻半が過ぎた。しかし門扉も潜り戸も、開く気配はまるでなかった。

「下手をしたら、三日くらい誰も出てこねえんじゃないですかね」

痺《しび》れを切らした六造が、とうとう音を上げた。

「まあ、待て。そろそろ出てくる頃だ」

となだめる。せめて日でも差せば助かるのだが、それがない。空は雲に覆われたままで、風だけが行き過ぎる。武家地なので、人もめったに通らない。

さらに半刻が過ぎた。じっとしているのが、市次も辛《つら》くなってきた。道に出て体を動かしていると、中根屋敷の潜り戸が内側から開かれた。

慌てて番小屋の中に飛び込み、六造の袖を引いた。出てきたのは、田山である。

「よく見ろ、あれだ」

耳に口を寄せて言った。

六造は息をつめて、目を凝らした。苦情は漏らしていたが、姿を見せた以上はきちんと見ようという気持ちらしかった。

田山は、小さな風呂敷包みを手に抱えている。そのまま番小屋の前を通り過ぎた。

「どうだ」

市次はごくりと唾を飲み込んでから、問いかけた。

「た、たぶん。あの侍だとは思うんですが」

小首を傾げながら、六造は言った。絶対の自信があるわけではなさそうだった。

考えてみれば、淡い提灯の明かりの中で、ちらと見ただけのことである。

しかし「たぶん」という言葉は、馬を運び入れたのが田山である可能性を高くしたと感じた。

「世話になった。これで帰ってもいいぜ」

まだ昼飯どきにはなっていない。市次は五匁銀《ごもんめぎん》を駄賃に与えた。

六造は受け取った駄賃を握りしめて、神田川の方向へ駆けて行った。役目が済んで、清々したに違いない。

ここで市次は、田山が酒を買ったという小売りの酒屋へ行った。

「中根家の、田山ってえお侍について話を聞かせてもらいてえ」

市次は、店番をしていた中年の女房に尋ねた。店には酒のにおいが満ちていて、壁には酒樽《さかだる》が積まれて並んでいる。

「あの人は、十日にいっぺんくらい買いに来ます。下り物ではなく、安い地回りの酒です。貸し徳利でお分けしていますので、名と住まいは聞いていました」

四斗の樽で酒を買うのは、それなりの身分や実入りのある者だ。武家の奉公人や市井の者は、酒屋の貸し徳利に入れてもらって、一升、二升の酒を買う。

「詳しいことは、分かりません。身の上話なんてしませんから。ただ音羽通りの松《まつ》葉《ば》という居酒屋で、お酒を飲んでいる姿は見たことがあります」

と女房は言った。

田山は酒好きらしい。ただ金があるときは、屋敷内ではなく外の店で飲むのではないかと言い足した。

そこで松葉という店へ行った。話を聞いた酒屋よりも、護国寺《ごこくじ》に向かって少しばかり歩いた。

松葉は、昼間は一膳飯屋になるらしい。まだ昼には間があるので、店の中はがらんとしている。市次は自分の昼飯を頼んでから、応対した三十年配の女中に問いかけた。

「田山様という若党が、何度か来たと聞いているが知っているかい」

小銭を握らせている。

「ええ、月に何度か来ていますから」

「一人で飲んでいるのかい」

「やって来るときは一人ですけど、知り合いがいれば一緒に飲みます。いなければ一人で飲んで、帰ります」

「一緒に飲むのは、どんな者かね。武家奉公の者か、それとも違う者か」

「中間みたいな人のときもあれば、ちょっと怖いような人のときもあります」

「博奕《ばくち》仲間か何かだな」

市次が言うと、女中は否定をしなかった。

「儲《もう》かっているのかね、賽子《さいころ》で」

「さあ。そう儲かっているようには見えませんけど」

女中にしてみれば、たまに顔を見せる客の一人にすぎない。詳しい暮らしぶりを知っているのではなさそうだ。

「田を耕したり、荷を運んだりする馬について、何か話していたことはないか」

一番知りたいのは、ここだ。

「さあ、覚えていませんね。でもあの人、板橋宿《いたばし》の生まれだって言っていましたから、荷を運ぶ馬については、何か知っているかもしれません」

「なぜ、板橋宿なのか」

「何でも父親が、そこの商家で用心棒みたいなことをしていたって話でしたね」

音羽から板橋宿は、そう遠くない。飯を食い終えた市次は、足を延ばしてみることにした。

板橋宿は、十五丁余りにわたって、四百軒ほどの大小の家が並んでいる。江戸の玄関口といってよいような宿場だ。大きな問屋場があって、荷を運ぶ馬や馬子の姿が見える。旅人も通り過ぎて行く。

間口が五間、六間あるような大店《おおだな》も見かけられた。

そこで市次は、大店へ入って歳のいった番頭などに尋ねた。

「ああ、田山というご浪人のことは知っていますよ。そういえば、おかみさんや倅《せがれ》もいました」

　三軒目の種苗を商う店の初老の番頭が、田山父子を覚えていた。とはいっても、それは七、八年くらい前の話だ。浪人者の夫婦も倅も、どうしているかは知らないと答えた。

　さらに旅籠の初老の女房も覚えていた。しかし今どうしているかなどは、知らなかった。

　市次は、荷馬を扱う問屋場へ行った。荷を運んできて、一服している馬子に問いかけた。あの二頭の馬を田山が手に入れた相手が、板橋宿に関わる者かもしれないと考えたからだ。

「さあ、田山吉也なんて知らないねえ。でも馬の売り買いなら、このあたりじゃあ、そう珍しくはねえんじゃないかね」

　馬子は、宿はずれにある樽屋という馬具を扱う店へ行ってみろと言った。そこの主人の豊助《とよすけ》は、宿場界隈の馬の売り買いには詳しいという。

　宿場もはずれになると、空き地や倉庫、畑などもうかがえる。馬具を扱う樽屋は間口四間ほどの建物だった。

「おれが豊助だが」

そう言って現れたのは、年の頃六十代半ばの、胡麻塩《ごましお》頭の蓬髪《ほうはつ》、腰のやや曲がった老人だった。老いて見えるが、足腰はしっかりしているようだ。

「田山という浪人者を知っていますかい」

まずはこれを尋ねた。

「知っているよ。夫婦とももう死んだと聞いた。倅は、ごくたまにこのあたりで顔を見かける」

と言った。

「その倅が、農耕用か、荷運び用の馬を、つい最近買いませんでしたかい」

「さあ、倅かどうかは分からないが、百姓家の馬と荷運びの馬を買った者がいるという話は耳にした。つい数日前のことだ」

「都合、二頭ですね」

「そうだ」

心の臓が、どきんと飛び跳ねている。

「売った相手が、誰だか分かりますかい」

「宿場で十人ほどの馬子を使っている仙蔵《せんぞう》と、根村《ねむら》の乙助《おとすけ》という百姓だ」

そこでまず、宿場の問屋場に近いところに住まいを持つ仙蔵を訪ねた。中年の赤ら顔の男だ。

「ああ、欲しいと言ってきたんでね。若い馬と買い替えようと思っていたところだから、丁度よかった」

「買ったのは侍だと聞きましたが、田山という人じゃありませんでしたかい」

「名は知らねえ。金さえ払ってくれりゃあ、それでいい。歳は三十半ばくらいで、下膨れな面をしていたな」

「へえ」

田山ではなさそうだ。もちろん中根でもない。期待が大きかったので、落胆があった。ただ次に会えば、顔は分かると言った。

そして市次は、根村へも足を向けた。乙助に会ったのである。

田で使っていた馬を売ったのは、間違いなかった。しかしこれも、田山ではない。人相風体を聞くと、仙蔵から馬を買った者と同じ人物だと思われた。

「あれは、浪人じゃあねえですね。主持ちのお侍だと思います」

絹物ではないが、きちんとした身なりだったという。市次にしてみれば、見当もつかない人物だった。

八

泊番を済ませた藤吉は、この日も迎えに来た中間に肩衣を預けて、芝へ足を向けた。宇田川町の木戸番小屋で、市次と待ち合わせしていたのである。

昨日市次は、錺職人六造を連れて小石川へ行った。その結果を聞くつもりだった。

木戸番と市次は、昵懇らしい。開いたままの戸の脇に縁台があって、そこに腰を下ろして話をした。行き過ぎる人の姿がよく見える。天秤棒の両端に冬菜を盛って、振り売りが呼び声を上げていた。

「決めつけるわけにはいきませんが、あの空き家へ馬を運んだのは、身なりを百姓にした田山だと思われやす」

市次はまず、六造が面通しをしたときの様子を伝えてよこした。断定はできなくても、否定をしなかったのは大きい。

ただその後の話は、藤吉にしても腑《ふ》に落ちないものだった。馬を買ったのが、中根でも田山でもないとなると、見当もつかない。

「まったく関わりのない、別の者でしょうか」

「いや、それはないだろう。田山が板橋宿の生まれだというならば、そこで馬を手に入れようとするのは順当だ」

「へい」

「中根は自ら進んで企んだか、三枝に無理やりやらされたか。そこは定かではないが、三枝が絡んでいるのは間違いない。必ずどこかで、二人は打ち合わせなどするぞ」

秘中の秘といっていい。書院番の者にも漏れてはならない密談だ。城中でやるわけがないから、どこかで会うことになる。

「へい。もう少し、中根や田山の周りを洗ってみましょう」

市次は応じた。

ここで目の前に、何者かがぬっと姿を現したのに気がついた。見覚えのある侍で、朝比奈だった。

「その方、なぜわしには知らせず、このような者と話をしているのか。先日命じたことを、忘れたのか」

藤吉には一瞥《いちべつ》をよこしただけで、市次を睨《にら》みつけて言った。嵩《かさ》にかかった偉そうな言い方で、周囲の者は怒声と感じたはずだ。立ち止った者もいる。

「すいやせん、いろいろありやしたもんで」

縁台から立ち上がった市次は、一応下手に出て頭を下げた。

「何がいろいろだ。分かったことがあるならば、我が屋敷へ馳せ参じるのが当然だ。不浄役人の手先ごときが、生意気な口をきくな」

「…………」

市次の朝比奈に向ける目付きが、今の一言で明らかに変わった。

「何だその目は、下郎の分際で。さっさと、この者に伝えたことを、おれにも話せ。ぐずぐずするな」

将軍直属の新御番組を名乗れば、たいていの者は畏れ入ったという態度を取る。しかしそうではない態度を取られて、朝比奈にしても腹を立てた様子だった。

「冗談じゃねえ。ふざけたことを抜かすな。おらっちは町方の者だ。町奉行所には伝えるが、そうじゃねえところにご注進に上がるいわれはねえ」

「きさま」

「うるせえ。誰に知らせようと知らせまいと、こちとらの勝手だ」

「ゆ、許せぬ」

怒りで朝比奈の顔は赤らみ、こめかみがぴくりと動いた。腰を引いて身構えると、左手を腰の刀に添えた。

「おっ、斬るってえのか。ならばやってみろ。こんなことで新御番組の番士が町人を斬ったとなれば、代々の笑いものにならあ」

市次は叫んだ。怯んではいない。酷い言い方に、心底腹を立てている。

「そうだ」

するとそこで、周囲からも声が上がった。通りかかった町の者が、周囲を取り囲んでいる。朝比奈に味方をする者は一人もいない。

「お、おのれっ、覚えておれ」

いくら何でも、今のやり取りで無礼打ちをするというわけにはいかない。その程度の分別はあるらしかった。朝比奈は捨て台詞《ぜりふ》を残して、この場から立ち去った。

「わあっ」

野次馬たちが、歓声を上げた。

藤吉は、いざとなったらば市次の味方をするつもりだったが、怯まないその姿に感銘した。同役とはいえ、先輩である朝比奈に遠慮をしていた。面倒を起こしたくないという気持ちがあって、そういう己を恥じたのである。

「ふん」

と市次は朝比奈の背中に腹立ちの目を向けたが、藤吉に顔を向けたときには、いつもの笑みを浮かべていた。溜飲《りゅういん》を下げたらしい。

「新しいことがあったら、真っ先に旦那には知らせますぜ」

市次はそう言った。


香坂屋敷に戻った藤吉は、仮眠を取った。泊番は夜間の警固という意味があるから、眠るわけにはいかない。

どれくらい寝た頃か、「小笠原家から、お使いの者が見えましたぞ」と姑のたゑに起こされた。小笠原家と聞いては、寝ているわけにはいかない。

しかも使いをよこした相手は、千寿だった。

「すぐにも、お越しいただきたい」

という知らせだった。

洗面もそこそこに、藤吉は屋敷を飛び出した。

「いったい、何の用だ」

千寿の呼び出しだと思うと、胸の鼓動が大きくなる。切ないような、甘美な思いが潜んでいる。

自分は香坂平内の一人娘楓と祝言を挙げ、香坂家の婿になった。しかし重病を患っていた楓とは、夫婦としての契りを交わすこともないまま、死別の身となった。

藤吉はそれでも、新妻となった楓を愛したが、それはごくごく短い間だった。抑えつけてはいたが、千寿への思いがまったく消えてしまったわけではない。

何であれ話を聞こうという気持ちで、本所御竹蔵《ほんじょおたけぐら》裏手にある小笠原屋敷を目指した。

小笠原屋敷の間口は四十間、屋根の出張った門番所付の長屋門である。先に奉公していた小出屋敷よりも大きくて壮麗だ。

門番に申し入れをすると、すぐに中奥の床の間がある部屋に通された。待つほどもなく衣擦れの音がして、千寿が現れた。それだけで、部屋の中が華やかになった。数日前に星野道場でも会ったが、あのときは他にも人がいた。今日は二人だけでの対面である。

「よく来てくだされた」

星野道場で会ったときの言葉よりも、響きが優しい。続けて問われた。

「大殿様の増上寺参拝では、新御番組はたいへんだったそうですね」

「はい。それで調べを続けています」

藤吉はその概要を伝えた。

「気をつけて、お役目を続けなされ。実は来てもらったのは、その件ではない」

と告げられて、息を呑んだ。何やら大切なことなのだと察した。顔を上げて次の言葉を待った。

「そなたの妹、うらどのの行方が分かりました」

「ええっ」

藤吉は仰天した。とんでもないことを告げられた気がした。千寿の口からうらの名が飛び出すとは、考えもしなかった。

行方知れずの妹がいるとは何かの折に話したことがあるが、名まで伝えてはいない。

「うらどのについては、一昨日永穂家を訪ねて忠太郎殿から聞きました。何でも浅草御門近くの蔵前通りで、前に応対をした中間が顔を見たとか。すぐにも捜したいところでしょうが、新御番組はそれどころではないと考えて、屋敷の者を使って捜させました」

「か、かたじけない」

千寿の心遣いがありがたかった。

浅草御門の北側にある町を、藤吉は前にいくつか聞き歩いた。しかし小笠原家の家臣は、もっと広い範囲で聞き歩いてくれたのである。

「浅草福井町《ふくいちょう》の太物屋和田《わだ》屋にいます。上州新田郡長船村の出で十六歳、間違いないでしょう」

「い、いかにも」

感謝の気持ちが溢れた。何よりも気になっていたことを、他の誰でもない千寿が捜し出してくれた。

「藤吉どのは楓様のために、精いっぱいのことをしてくれた」

その礼だと言いたいらしい。

楓との話が最初にあったとき、藤吉は婉曲に辞退をしている。口には出さないが、千寿への思いがあるからだ。他の女子と祝言を挙げるなど考えられなかった。

千寿がどう受け取ったかは分からないが、藤吉は胸に秘めた者がいる旨を暗示させた。そのとき千寿は、重い病の楓とは契ることができない、ならば好いた者を、裏切ったことにはなるまいと告げたのである。

藤吉が香坂家に入ったのは、この言葉があったからに他ならなかった。

その折のやり取りを、千寿は忘れていない。だからこそ、動いてくれたのだろう。ただ心を寄せている相手が誰か、それは尋ねられない。尋ねられても、おいそれと口にはできない話だった。

口に出したとたんに、千寿との関わりは終わってしまうと感じている。

「うらどのは、会いたいと思っているに違いありません。早い時期に、訪ねて差し上げてはいかがでしょうか」

「ははっ」

これは藤吉にとっては、私事である。その気遣いに対して、深く頭を下げた。

九

小笠原屋敷を出た藤吉は、両国橋《りょうごくばし》を西に渡る。浅草福井町ならば、そう遠回りとはいえない。いや遠回りでも、行きたかった。

微かな緊張と、弾む気持ちがある。最後に会ったときから六年が過ぎていた。どんなふうに変わったかは、会ってみなくては分からないが、十歳で口減らしのために家を出された妹である。自分を慕っていたのは間違いない。

「幸せに暮らしているのならばそれでいいが、そうでないならば、何があっても守ってやるぞ」

そういう覚悟だ。

福井町は神田川の北にある町だが、蔵前通りからはやや西に入る。人通りは多くはないが、落ち着いた町だった。その表通りに、何軒かの商家が並んでいた。

間口四間ほどの、大店とはいえないような店ばかりである。建物も古いが、どれも風格があって老舗といった印象だった。『太物　和田屋』という木看板を発見した。

「これか」

藤吉は店の前に立って、建物の隅々にまで目をやった。掃除は行き届いているが、せり出した軒の端や漆喰の一部に腐食がある。修理は行き届いておらず、客の姿や店番の小僧の姿もうかがえない。繁昌《はんじょう》している店だとは感じなかった。

敷居を跨《また》いで店の中に入る。壁際にある棚に木綿の類が置いてあるが、品揃えは少なかった。

「誰かおらぬか」

藤吉は声をかけた。

「はい」

と女の声がした。島田髷《まげ》の小顔の娘だ。木綿物だが、粗末な身なりではなかった。

娘は藤吉の顔を見て、一瞬ぽかんとした表情になった。すぐには声も出ない。しかし徐々に顔が強張《こわば》り、目に涙がたまった。

「あ、あんちゃん」

滂沱《ぼうだ》たる涙が溢れ出た。裸足《はだし》のまま土間へ飛び降りてきた。そして藤吉の体にしがみついたのである。間違いなく、妹のうらだった。

「よしよし」

藤吉は背中を撫《な》でてやる。この江戸で、無事に再会を果たすことができた。藤吉にしても、体が震えた。愛《いと》おしさが込み上げて、涙が出そうだった。

どれくらいそうしていたかは分からない。はっとした様子をして、うらは体を離した。泣き濡らした頬を、着物の袖で拭いた。

「永穂様のお屋敷で聞いて、小出様のお屋敷へ行こうと思ったんだけど、行けなかった」

うらは呟くように口にした。

「かまいはしねえさ、こうして会えたわけだからな。もうおめえは、一人ぼっちじゃねえぞ」

藤吉は、優しい気持ちで言った。

それを聞いたうらは、また涙を流した。

そこへ奥から、五十歳前後の男と女が現れた。これが和田屋の主人夫婦らしかった。

「話は、聞いております。川端《かわばた》藤吉様でございますね。私どもは伊兵衛《いへえ》とと、、えでございます」

男の方が言った。苗字《みようじ》が変わったことを、知らないのは当然だ。

「いや、苗字は変わった。新御番組の家に、婿に入ったのでな。香坂という姓になっている」

うらにも伝えるつもりで言った。

聞いた伊兵衛夫婦は、やや困惑の気配を見せながら頷き、顔を見合わせた。その顔つきが、どこか藤吉には卑しいものに感じられた。とはいっても、口には出さない。

「妹が、たいそう世話になりました。御礼を申し上げる」

うらはここで、女中奉公でもしているのだろうと考えている。高崎城下の織物問屋を出て、江戸へ出てきた。伊兵衛の声がかりがあったからこその話に違いない。

詳しい話を聞きたいところだが、それは香坂屋敷へ引き取ってからでもよいと考えた。舅も姑も、うらが見つかったら香坂家で引き取ると言ってくれている。

「では、すぐにも香坂家へ連れ帰りたい。世話になったことはありがたいが、兄として妹の先行きを考えたいのでな」

当然のつもりで告げた。ここに置いておく理由はない。うらにしても奉公を続けるより、兄である自分と暮らす方が幸せなはずだ。香坂家の老夫婦は、大事にしてくれるだろう。

ところが伊兵衛夫婦は、またしても困惑の色を顔に浮かべた。小さく首を横に振っている。

「何か、まずいのか」

腑に落ちない。借金でもあるのか。ならばそれについては、考えるつもりだった。うらにまつわる話ならば、他人事《ひとごと》ではない。

するとそれまで黙っていたうらが、口を開いた。どこか寂しげな色が、眼差しにある。

「あんちゃん、それはできないよ。あたしは、ここの養女になっているから」

「な、何と」

これには魂消《たまげ》た。得心のいかない話だ。説明を求める気持ちで、伊兵衛に目をやった。

「高崎城下から、江戸へお連れしたのは私どもです。気働きができ、骨惜しみをしないで働く子でしたからね。兄さんが江戸においでになるならば、なおさら都合がいいという話でした」

うらに目を向けると、小さくだが頷いた。

「江戸でも、よく働きましたよ。女房も大いに気に入りましてね」

「そうですよ。本当にいい娘で」

とえは笑顔で応じたが、心の底からの笑顔とは感じられない。

「うちには他所《よそ》へ修行に出た倅がありますが、娘はありません。あんまりにいい子なので、養女としてうちの娘になってもらうことにしました。人別にも、入れてもらっております」

「なるほど」

養女にしたというのは、嘘《うそ》ではないらしい。となると、実兄であっても勝手には連れ出せない。ただこの夫婦には、胡散《うさん》臭い気配を感じた。うらは自分との再会を喜んだが、ここに残るにあたっては、寂しげな顔をした。

悲しいことには、気持ちを抑える。涙は見せない。嬉しいときにだけ涙を見せる。うらは物心ついたときから、そういう子だった。

できれば二人だけのところで、この店ではないところで、事情を聞きたかった。しかしその機会は、数日のうちのどこかでできると考えた。この店の養女になっているのならば、今日明日にもどこかへ行ってしまうとは思えない。

「ならばまた参るとしよう。我が屋敷へも、連れて行きたい。積もる話もありますからな」

密かに、呼び出してもいいと考えている。帰る仕草を見せると、伊兵衛夫婦はほっとした顔を見せた。

うらには、屋敷の場所を伝えた。訪ねて来るのならば、いつでもいいと言い添えている。

後ろ髪を引かれる気持ちはあったが、ともあれ和田屋を出た。出がけ、改めてうらに目をやった。何か言いたそうにしたが、声にはならなかった。

和田屋の夫婦は、根っからの悪党とは思われないが、何かを隠している。倅がありながら、養女を取るというのも腑に落ちない。うらにも事情があって、自分に伝えられない何かがあるのかもしれなかった。

藤吉は通りを少し歩いてから、目についた葉茶屋の店に入った。間口三間の店である。店番をしていた中年の女房に、和田屋について尋ねた。小銭を握らせている。

「あの店には、うらという娘がいるな。養女だそうだが、可愛がられているのか」

「店に来たときから、邪険になんか、されていませんよ。働き者で気立てがいいから、養女にするんだって、おかみさんは話していました」

「商いの方は、どうか。繁昌しているようには見えぬが」

「まあ、大きな声じゃ言えませんけどね。借金がある、とも聞きましたよ。旦那、そういうことを知っているんですか」

かえって女房の方が、関心を持った顔になった。どうやら噂好きらしい。

「いや、ちと気になったので、問うたまでだ」

やはり商いも、うまくいっていないようだ。うらに問う前に、それなりに調べておく必要がありそうだった。

この頃市次は、中根屋敷の張り込みをしていた。辻番の爺《じい》さんには、改めて銭をやったから、嫌な顔はしない。寒さ凌《しの》ぎの炭もいけてもらった。

「あれが、中根の殿様だよ」

下城したところを教えてもらった。中根の顔も、しっかり目に焼き付けた。

二頭の馬を買い入れたのは中根でも田山でもないが、あの事件に関わり合っているのは間違いないと思っているので、ぼんやりと眺めてはいなかった。

市次にしてみれば、見張りなど得意ではない。じっとしているよりも動いている方が、性に合う。しかし今回はしょうがないと、あきらめていた。

「中根は自ら進んで企んだか、三枝に無理やりやらされたか。そこは定かではないが、三枝が絡んでいるのは間違いない」

香坂藤吉の言葉は的を射ていると思うから、何か動きがあると辛抱している。

そしてそろそろ夕刻かという頃、深編笠を被った若党ふうが潜り戸から出てきた。体つきや着物の柄から、それが田山だとすぐに分かった。

「しめしめ」

と、ほくそ笑んでつけて行く。気づかれては意味がないので、充分に間を空けて慎重に歩いた。

小石川から、どんどん東へ向かってゆく。本郷《ほんごう》や湯島《ゆしま》を通り過ぎて、行った先は上野《うえの》の不忍池《しのばずのいけ》の畔《ほとり》だった。すでに夕暮れどきになっている。

入ったのはしのぶという料理屋だった。池に面して、落ち着いた雰囲気がある。

「あいつがここで、飯を食うのか」

それはないだろうと思って見ていると、案の定、さして手間取らず通りへ出てきた。そして来た道を戻って、湯島界隈の武家地に入った。

立ち止ったのは、間口が三十間ほどもある長屋門の前だった。千石取りの旗本屋敷である。

近くの辻番小屋へ行って、誰の屋敷か尋ねた。

「三枝重大様のお屋敷だ」

番人は、面倒くさそうに答えた。だが市次にしてみれば、小躍りしたいほど嬉しかった。

すぐに料理屋しのぶへ駆け戻った。そこの番頭に問いかけたのである。もちろん、腰の十手に手を触れさせながらだ。

「明日の暮れ六つから、中根様がお客様を招いて宴席を持ちます。田山様は、その旨を伝えるためにお越しになりました」

「何人集まるのか」

「料理は、三人前と聞いております」

客人の名は分からないと番頭は言った。しかし田山は、この店から三枝屋敷へ向かった。それを目撃しただけで、今日の役目は果たしたと市次は考えた。

さっそくこの話を、香坂屋敷と与力の平田に伝えることにした。

十

この日藤吉と瀬尾は朝番で、夕刻前には下城ができた。朝比奈とは口もきかず、傍にも寄らなかった。上司ではないから、それで困ることはない。

向こうも、近づいてはこなかった。

こちらの調べについては、安西と新庄には逐一伝えている。そのまま続けろと告げられていた。朝比奈らは手掛かりを得られず、相変わらず芝あたりの聞き込みを続けている。

「やらせておけばいい」

というのが瀬尾の考えで、藤吉もそれに異存はなかった。こちらのやろうとしていることに関わってこられると、かえって面倒だ。それは安西も新庄も分かっているらしい。

いつもの下馬札のところでは、中間は待っていない。藤吉と瀬尾は、二人だけで北へ歩いて神田川に架かる筋違橋《すじかいばし》を渡った。途中、ついてくる者がいないか用心をしている。

中根に怪しまれては、企みが無になる。朝比奈らに邪魔をされては面倒だ。

二人が行ったのは、湯島天神の境内だった。ここで香坂家と瀬尾家の中間が待っていた。それぞれ身に付けていた肩衣を渡し、持ってきた羽織に着替えた。藤吉は、万一に備えて重藤の弓と矢を持たせてきている。それを受け取った。

この場には、南町奉行所の平田と市次の姿もあった。武家の悪企みを糺《ただ》すのが目的だが、町奉行所与力の力添えを得られるのは大きかった。藤吉は弓には優れていても、剣術はそれほどではない。瀬尾や平田の腕があるのは心強い。

さらにここには、板橋宿の馬子の親方仙蔵と根村の百姓乙助を伴っている。れいの暴れ馬を売った者たちだ。

「ではまいろう」

藤吉は言った。六人が向かったのは、不忍池畔にある料理屋しのぶの玄関前に近いしもた屋である。

ここに潜んで、現れる侍の面通しをさせる。暮れ六つにはまだしばらくの間がある。低くなった西日が、池の水面を朱色に染めていた。

料理屋しのぶは、通りに面したところは垣根で覆われている。庭は不忍池に接していて、その手前に客が食事をする部屋があった。

店の門柱には、高張提灯《たかはりぢょうちん》が一つ立てられている。この提灯には屋号が記されて、ここに料理屋があることを知らせている。あたりが薄暗くなって、この提灯に明かりが灯された。

耳を澄ますと、上野広小路の喧騒が聞こえてくる。しかしこのあたりを通る人の姿は、多いとはいえなかった。

侍らしい人影が現れて、乙助は息を呑んだ。しかしその侍は、高張提灯の前を通り過ぎた。そして暮れ六つを告げる鐘が、鳴りだした。

それを待っていたように、二人の侍が現れた。提灯の明かりに照らされて、しのぶの玄関先へ入った。

「あれは、中根と田山ですね」

市次が囁《ささや》いた。変更はない。次に現れる侍を待った。もう一つ続けて人影はあったが、それは侍ではなかった。職人の親方ふうで、仙蔵と乙助は首を横に振っている。

そしてしばらくして、足音が近づいてきた。影が見えた。ずんぐりとした体つきで、身ごなしに隙がない。侍だった。

その姿と顔が、高張提灯の明かりに照らされた。玄関口に入って行ったのである。

「あ、あれです。馬を買っていったやつです」

まず声を漏らしたのは、乙助だ。

「違《ちげ》えねえ。あ、あいつだ」

仙蔵も頷いた。

「よし。これではっきりした」

身の内の興奮を抑えて、藤吉は言った。現れた侍は、三枝家の用人曽根崎多三郎だった。主人重大の懐刀と呼ばれている人物だ。

ここでの仙蔵と乙助の用は済んだ。しかしまだ帰らせない。このしもた屋に残るように命じていた。

藤吉と瀬尾、それに平田と市次の四人は、敷地の横手にある裏木戸へ回った。戸は閉められているが、平田が押すと微かな軋《きし》み音を立てて開かれた。閂《かんぬき》はかけられていなかった。

これは平田が、事前に店のおかみと番頭に話をつけていた。御公儀にまつわる重要な調べをするためだと告げて、四人が敷地内に入れるように裏木戸の閂を外しておけと命じた。

おかみや番頭は、迷惑な話だと思ったはずである。しかし町奉行所の与力に詰め寄られては、抗することができなかった。

庭には、ところどころに雪洞《せっとう》が置かれて、庭の夜景がうかがえるようになっている。中根らが使う部屋がどこかは聞いていたので、四人は足音に気をつけながらそこへ近づいた。

部屋には広い出窓があるか、障子は閉じられている。部屋の明かりが漏れてきて、向かい合う侍の姿が、影になって浮かび上がっていた。

三枝は現れず、三人での宴席が始まった。客は曽根崎だけで、田山も席に加わっている様子だ。

耳を澄ますと、三人の話し声が聞こえてきた。

「田山は見事に横道から馬を放ったようだな」

「ははっ。うまくいくかと案じましたが、首尾よくできました」

「うむ。あの場におられた殿も、ただ馬だけが飛び出したように見えたと仰せられた」

曽根崎と田山が話をしている。若党の田山が、宴席に加えられているのは、その功績が認められてのことだと思われた。

また話しぶりで、三枝が事前に馬が放たれることを知っていたとうかがえた。

藤吉らはさらに息をつめて、耳を澄ました。

「新御番組も町方も、さしたる手掛かりは得ていないようだ。朝比奈などは、威勢がいいばかりで、何も摑めていない」

「町方はどうでござるか」

「与力と岡っ引きが、馬をどこに置いていたか探っていました。あの空き家に辿《たど》り着いたようですが、痕跡は消しております。案ずることはないと存じます」

曽根崎の問いに、田山が答えた。

しかし藤吉は、小屋に馬の毛が落ちていたことを発見している。それが、ここまで辿り着く一歩になった。

「重畳。殿は、いたく満足しておいでてござる。中根様のご昇進にも、力を貸すと仰せでござった。ご希望は、四百石の御天守番頭でしたな。あそこは、近く欠員が出るとか」

「いやいや。お力をいただければ、かたじけない」

ここまで聞けば、充分だった。後で聞けば、知らないと言い張るに決まっている。言い逃れさせぬように、ここで捕えるのが得策だと考えた。

藤吉と瀬尾は顔を見合わせた。藤吉が頷くと、瀬尾は立ち上がって障子に手をかけ思い切り開いた。

「今の密談、しかと聞いたぞ。言い逃れはできぬ。将軍の御行列を乱した不届き者、速やかにお縄につけ」

凜とした声で、瀬尾は言い放った。

平田や市次も立ちはだかっている。もちろん藤吉もだ。

「お、おのれっ」

曽根崎はともかく、中根は瀬尾や藤吉の顔を知っている。驚愕が、すぐに怒りと憎しみの表情に変わった。

「狼藉者を、殺してしまえ」

刀置きに駆け寄って手に取り、すぐに刀身を引き抜いた。曽根崎も田山も、これに続いている。

三人が、おとなしく捕えられるとは思っていない。瀬尾と平田も刀を抜いた。市次は腰の十手を引き抜いた。藤吉は重藤の弓に手をやっている。

「くたばれ」

中根が瀬尾に躍りかかった。激しい一撃を加えている。さすがに小野派一刀流の遣い手だとうかがえた。しかし瀬尾も負けてはいない。これを弾き返して、刀身を突き出した。

瀬尾は中西派《なかにし》一刀流の遣い手だと聞いている。二人は庭に出て、対峙する形になった。

曽根崎は出窓に足をかけ、平田に斬りかかった。

平田の剣の流派は知らないが、これもなかなかの腕前だ。上からの一撃を怖れない。身を横にずらして、苦もなく刀身をかわした。

そして間を置かず、下からの払い上げで相手の小手を狙った。素早い動きで、曽根崎は身を引かざるを得ない状態だった。

平田は、相手をそのまま逃がさない。さらに切っ先を突き出した。ただ出窓の下からの一撃なので、刀身がわずかに届かなかった。

田山は出窓から庭への飛び降りざま、市次の脳天を目指して刀を振り落とした。

「下郎」

と叫んでいる。

しかし市次の動きも、俊敏だった。十手で刀身を払い上げた。火花が散ったときには、田山の体の脇に、身を回り込ませていた。得物が短いので、接近戦を選んだのだ。

そのあたりは、修羅場を潜っている者の特有の動きだと思われた。

「やっ」

田山が角度を変えて、刀身を突き込む。その切っ先を、市次は二股に分かれた鉤《かぎ》の部分で受け止めた。手首を捻《ひね》ると、あっけないほど簡単に、相手の手から刀がすっ飛んだ。

刀身は闇の彼方に消えたのである。

こうなると、市次の動きは神業のようだった。十手を相手の腕に絡め、腰を入れて投げ飛ばした。地べたに転んだところで摑んでいた腕をさらに捩《ね》じり上げ、もう一方の腕で腰縄を外した。

瞬く間に、縛り上げたのである。

「たあっ」

ここで気合の声を上げたのは平田だ。曽根崎の二の腕を狙って一撃を放ったところだ。曽根崎はこのときすでに、着物の袖を斬られている。受け身の体勢になっていた。

とはいっても、怯んでいるのとは違う。巻き返しの機会を狙って、平田の一撃を受けたのである。前に出て、受けた刀身を、そのまま前に押し込もうという腹だ。

しかし平田は、この動きを見越していた。

身を斜めにして刀身を突き出し、それで曽根崎の動きを止めた。そして次の瞬間には、こちらの切っ先が相手の小手を突き刺していた。

「ううっ」

呻《うめ》き声を上げた曽根崎は、刀を落とした。平田がこの体に躍りかかった。縄をかけるつもりだ。

残ったのは、部屋の中にいる中根と瀬尾だ。刀身のぶつかり合う甲高い金属音が響いている。目をやると、瀬尾の方が押されぎみだった。中根は、噂にたがわぬ遣い手だ。

このままだと、瀬尾が討たれる虞《おそれ》があった。

「そうはさせるか」

藤吉は、手にある重藤の弓に矢をつがえた。きりきりと弦を引く。しかしすぐには指を外せなかった。二人の動きは激しい。あっという間に体が入れ替わる。瀬尾を射てしまっては本末転倒だ。

しかし中根であっても、射殺していいとは考えていない。

生け捕って犯行の証言をさせなくてはならない。となると、頭や心の臓を射ることはできなかった。

「はっ」

藤吉は気持ちを集中させて、弦から指を離した。空を切った矢は、床の間の際にいた中根の肩に近い二の腕に突き刺さった。

「ひいっ」

中根は声を上げた。瀬尾の首筋目がけて打ち込もうとしていたが、それで体の均衡が崩れた。刀も手から飛んでいる。

「おう、助かったぞ」

瀬尾が声を上げた。そのまま腕を取って押さえつけ縄をかけた。

料理屋しのぶは大騒ぎになったが、三人を捕えることができた。この三人の身柄を、駿河台《するがだい》にある安西屋敷へ運んだ。そこへは、しもた屋に残していた仙蔵と乙助も伴っている。

十一

安西屋敷では、捕えた三人を別々の部屋に押し込めた。それぞれに、馬を使っての行列を乱した件について、問い質しを行ったのである。

「とんでもない。そのような畏れ多いことをするわけがない」

「では、料理屋しのぶでのやり取りは何だ」

「知らぬ。何のやり取りをしたというのか。その方らが、勝手に襲いかかってきただけではないか」

あたかも奇襲に遭った、無実の者という言い方を、中根も曽根崎も、そして田山も口裏を合わせたかのように言った。

「卑怯者め」

とは思うが、この程度のことは織り込み済みだった。まず、田山に瀬尾と藤吉は対峙した。

「その方は、二頭の馬を芝の空き家に入れた。それを見ていた者がいる」

「ほう、知らぬ」

「この者だ」

安西屋敷には、芝の錺職人六造も連れてきていた。

「へい。裸の馬を連れてきたのは、この人だと思います」

六造は証言した。

田山は初めわずかに魂消た気配を見せたが、六造の言葉を聞いて反論した。

「思ったとは、勘違いもあるということではないか。それで決めつけられてはたまらぬな」

「そうか、だがその空き家には、馬の毛が落ちていた。今でも残っているはずだ」

と藤吉は応じた上で、もう一人の六十年配の男を部屋に呼び入れた。

「この者は、空き家に馬を入れた前日に、六造と玄関先の縁台で将棋を指していた者だ」

と続けた。同じ町に住む艾屋《もぐさ》の隠居だ。

それだけで、田山は明らかな動揺を見せた。

「この者たちに、その方は隣が空き家かどうかを確かめたではないか」

「……………」

田山はここで、さらに驚愕の眼差しになった。

「間違いありません。そのとき声をかけてきたのは、この人でした」

「ああ、そうだ。馬を連れてきたときは夕暮れどきだったが、そのときは昼下がりだったからちゃんと見た。だから夕方、ちらと目にしただけでも頭に残ったんだ」

六造は続けた。

証人が、二人現れたことになる。田山はここで、がっくりと項垂《うなだ》れた。曽根崎から受け取った馬を、百姓に身を変えて芝へ連れて行き、翌日行列に馬を放ったと白状した。もちろん、中根に命じられたことだと認めている。

その上で藤吉と瀬尾は、曽根崎に当たった。

「このようなまねをして、ただで済むと思うか」

曽根崎は脅しさえ入れてきたが、田山の白状を伝えた。そして仙蔵と乙助を、吟味の部屋へ呼んだ。

「こ、このお侍に、馬を売りました」

田山の証言に加えて、この二人が現れてはどうにもならないと覚悟を決めたらしい。とことん否認をしたとしても、通らないのは明らかだ。

殿様である三枝は、自分を差し置いて新御番頭になった安西を恨んでいた。しくじりの上で失脚させ、後釜に就くことを頭に入れてこの企みをしたと供述した。料理屋しのぶでの宴席は、その打ち合わせも兼ねていたと言い添えている。となれば、中根の関与は、隠しようもない。

「腹を切らせていただきたい」

曽根崎や田山の供述を伝えると、中根はそう言った。

翌日安西は、この一件を将軍及び幕閣に伝えた。新御番組だけでなく、町奉行所の与力や岡っ引きの助力を得たことも付け加えている。

中根ら三人の身柄は、目付衆に預けられた。そうなると当然、書院番組頭ではあっても、三枝は吟味の対象となった。

「拙者は、一切あずかり知らぬ話である」

三枝は、あくまでも指図を認めなかった。中根や曽根崎らが、勝手にしたことと言い張った。確かに、関わったという具体的な証拠はなかった。

中根は翌日に腹を切り、陪臣の曽根崎には斬首が決まった。しかし三枝は、死罪にはならなかった。

「しかしな、何事もないでは済まぬ。大殿様のお怒りは尋常ではない」

安西は、城中で藤吉と瀬尾に伝えた。

「どうなりますので」

「お役御免の上、大幅な減封となるはずだ。家禄を七割ほど削られる。子々孫々まで、日の目を見ることはなかろう」

千石取りが、無役の三百石になるという話だ。今の屋敷も取り上げられる。

「まともに相手にする者は、いないでしょうな」

瀬尾が言った。

この日家斉公は、昼下がりになって本丸の西にある紅葉山《もみじやま》へお出ましになった。東照《とうしょう》大権現の御霊屋をお参りしたのである。

警固の役を命じられたのは、新御番組だった。

御霊屋に繋がる参道は、銅塀である。藤吉ら新御番衆は、そこに整列して片膝をついた。首を垂れたのである。新参の藤吉は、その列の最後尾にいる。

お参りを済ませた家斉公は、その最後尾、藤吉の前で足を止めた。

「面を上げよ」

と声をかけられたのである。

「ははっ」

藤吉は、顔を上げた。家斉公の顔が、目の前にあった。

「過日、芝の行列での弓は、見事な技であった。また此度《こたび》、新御番組の面目《めんぼく》を保てたのも、何よりである」

「ははっ」

藤吉は頭を下げた。家斉公は、そのまま通り過ぎた。

「大殿様が直にお言葉をくださるなど、めったにないぞ」

控えの間に戻ったところで、安西が言った。

「ご加増があるやもしれぬぞ」

と口にしたのは、瀬尾だ。しかしその沙汰はなかった。

ただ藤吉にしてみれば、身に余る光栄だった。将軍様が自分のために足を止め、声掛けをしてくれたのである。飛び上がりたいほどだった。

そして非番の日となった。藤吉は香坂屋敷を出て、浅草福井町の和田屋へ行った。うらは養女になったと言ったが、そのおりの沈んだ寂しげな顔が、脳裏に残って消えていかない。そこで今日は、伊兵衛夫婦も含めて、うらの今後について話し合うつもりだった。

香坂家の平内とたゑは、うらが見つかったことを喜んでくれた。

「当家の娘として迎えよう」

と告げられた。

「ああ、あんちゃん」

藤吉の再度の訪問を、うらはもちろん喜んだ。しかしその中に、寂しげな気配があるのは相変わらずだった。

伊兵衛夫婦とうら、そして藤吉の四人は膝を突き合わせて座った。

夫婦は、この前のときのような驚きや動揺の気配を見せなかった。どこか居直った様子で、藤吉を見つめた。

「うちには、四十三両の借金があります。この金は、今年の内に返さねばなりません。もし返せない場合は、娘であるうらを差し出さなくてはなりません」

「な、なんと」

これは仰天だ。うらが借金の形《かた》になるというのである。

「相手は、澤瀉屋里右衛門《おもだかやりえもん》さんという方で、うらはその傍で暮らすことになります」

「囲い者になる、ということか」

怒りが、むらむらと込み上げた。うらの憂い顔の理由が分かったからだ。

「………」

伊兵衛は返答をしない。そのあたりがいかにも狡《ずる》いやつと感じて、殴り飛ばしたい衝動に駆られた。江戸へ出てきて、多くの者に酷い目に遭わされてきた。だが、ここまで憤怒に駆られたことはない。

ただ殴り飛ばしても、どうにもならないのは分かっていた。

「この店を手放して、返済に充てればよかろう。借財を拵えたのは、その方らなのだからな」

冷ややかな気持ちになって、藤吉は言った。

「この店も土地も、すでに他の借財の担保になっております」

伊兵衛は、目に涙の膜を拵えて応じた。それは泣いたのではない。一歩も引かないぞと、覚悟を決めた者の決意だと受け取った。

弱い者であっても、我が身を守るためには必死になる。そのためには、狡いことや卑怯なことであってもやるということだ。

そういう弱さは、誰にでも潜んでいると藤吉は感じる。だからこそ、自分はそうならないようにと歯を食い縛って過ごしてきた。

借金は、もともとあったに違いない。それが頭にあるから、親切ごかしで江戸へ連れてきて養女にしたのだ。うらは人に優しくされたことなどないまま、この年まで過ごしてきた。働き者だというのは、小娘が一人で生きてゆくために、それが唯一の身を守るすべだと考えるからだ。

藤吉も必死で過ごしてきたのは、それ以外の手立てがないからだ。うらも自分も、初めから守ってくれる者はいなかった。身を粉にすることで、己の生きる場を作ろうとしたのだ。

そんな小娘を誑《たら》し込むなど、わけなくできたはずである。

けれども人別帳の上で親となれば、娘をどうしようとそれは勝手だ。

「借用証文の写しがあるであろう。見せてみろ」

藤吉が言うと、伊兵衛は一通の書状を持ってきて広げて見せた。貸し手は、さっき聞いた本所横網町《よこあみちょう》に住む澤瀉屋里右衛門だ。返済期日は十二月末日で、伊兵衛の署名も記されてあった。

あまりに卑怯なやり口だが、この金銭貸借は、正当なものとして存在する。こちらが何であっても、金を返済しない限り、どうにもならない話だった。

「分かった、この貸借についてはおれが何とかしよう」

湧き上がる憤怒の思いを押し殺しながら、藤吉は告げた。伊兵衛夫婦は、ぴくりと体を震わせている。

「しかしな、十二月末日までは、うらを人手に渡すことは許さぬぞ。そのようなまねをしたときは、その方ら夫婦を斬り殺すからな」

脅しでも何でもない。藤吉の本音だった。

そしてうらに、顔を向けた。小さな肩に、両手を載せた。

「案ずるな。必ずおまえを、おれは守る。もう、どこへもやりはしないぞ」

うらは顔を歪《ゆが》めたが、泣かなかった。藤吉を見返して、微かに頷いた。

和田屋を出た藤吉は、ふうとため息をついた。四十三両は、今の身の上であっても、あまりに高額だった。

第二話　黄金仏

一

師走の町は、どこか慌ただしい。商いの帳面を手にした番頭ふうは、掛け取りにでも行くのか急ぎ足だ。振り売りの声にも力が入っている。

「危ねえぞ、気をつけろ」

がらがらと音を立てて、荷車が行き過ぎた。人足たちの鼻息も荒い。通りを歩いている人々が、道端に避《よ》けた。舂米屋《つきごめや》や菓子舗の店先には、正月用の餅を売る貼り紙が目を引く。

香坂藤吉《こうさかとうきち》は、初老の中間《ちゅうげん》を供にして浜町堀《はまちょうぼり》に近い屋敷からお城へ向かう。新御番衆《しんごばんしゅう》としてのお役目についても、すっかり慣れてきた。もう戸惑いはない。

この二、三日、藤吉の頭を悩ませているのは、お役目のことではない。上州《じょうしゅう》から江戸へ出てきている、妹うらについてだ。小笠原《おがさわら》家の千寿《ちず》姫のお陰で、浅草福井町《あさくさふくいちょう》の太物屋和田《わだ》屋の主人伊兵衛《いへえ》とたえ夫婦の養女になっていると分かった。そこまではよかったが、年内に四十三両を用意しなければ、借金の形《かた》として金貸し澤瀉《おもだか》屋里右衛門《えもん》の囲い者にならなければならないことが明らかになったのである。

すでに店舗も、他の借金の担保になっていて、身動きができない状態だという。そこで藤吉は、四十三両を自分が何とかすると告げたのだが、その確かな目途があったわけではなかった。

「はて、どうしたものか」

それを考えると、ため息が出るばかりだった。

すでに藤吉は、家禄二百五十俵の香坂家の当主となっている。直参旗本の家だから、そのくらいの金子《きんす》はあってもよさそうだが、そうはいかないのが武家暮らしの苦しいところだった。

香坂家の家計についても事情が分かってきた。御目見《おめみえ》とはいっても、かつかつ暮らしている。つましくやってきたので、札差からの借財はない。しかし蓄えとしては、十両あるかないかだと分かってきた。婿の身として、それを出してくれとは言えない。

また出してもらったとしても、金はまだまだ足りないのである。

舅《しゅうと》平内《へいない》と姑《しゅうとめ》たゑは、藤吉がうらと再会できたことを喜んでくれた。

「それでどうするのか」

香坂家に引き取るのは問題ないと言ってくれている。養女にしてもかまわないという考えだ。しかしだからといって、そのままは伝えられない。

人の好い老夫婦を困らせるだけだ。

返済できぬまま年が明けてしまえば、取り返しがつかない。藤吉の胸にあるのは焦りだ。これまで経験したことのない悩みである。

世話になった千寿に、うらと再会できた旨を伝えたいが、根掘り葉掘り聞かれたら、金にまつわる内容にも触れなくてはならなくなる。小笠原家ならば金子はどうにかなるかもしれないが、それを頼むわけにはいかない。

伝えることができないままになっていた。それも心苦しいところだ。

下馬札の前で供の中間と別れ、藤吉は城門を潜《くぐ》る。中之口《なかのくち》前の広場に、登城してきた侍が数人ずつたむろしている。その中に、新御番組の朝比奈《あさひな》ら藤吉を快く思っていない一派の者たちの姿があった。

前は「百姓侍」とか「肥くさい」と、聞こえよがしに雑言をぶつけてきた。しかし今は、ほとんどといってよいほどなくなった。

朝比奈らは、それとなく目を背ける。

しかしそれは、己の愚かさに気づいたとか、心を入れ替えたというのとは違う。冷ややかに、しくじりをしでかすのを待っているのだと感じる。

暴れ馬を射たことや、書院番衆の中根らの企みを暴いたこと、そして紅葉山《もみじやま》で家《いえ》斉《なり》公からお言葉を受けたことなどから、五番方の中で藤吉の評価が上がった。そこで様子を見て、態度を変えたのである。

雑言を控えるどころか、近頃は親しげに声掛けをしてくる者も現れた。

「あからさまなやつらだ」

と思うが、口には出さない。

そして珍しく、城内で旧主の永穂《ながほ》忠左衛門《ちゆうざえもん》と出会った。永穂は家禄八百石の旗本で御《お》鉄砲箪笥《てつぽうたんす》奉行《ぶぎよう》を務めている。あの頃と変わらない。

「今日明日にも、屋敷を訪ねてまいれ」

と告げられた。何か話があるらしい。そこで藤吉は、下城したその足で田安御門《たやすごもん》前を西へ行った三番丁《さんばんちょう》通りの永穂屋敷へ出かけた。

「こりゃあ、藤吉じゃねえか。い、いや、香坂様か」

門番をしていた中間の左次郎《さじろう》が、顔を見て声を上げた。江戸へ出たばかりの頃、中間頭の伝吉《でんきち》と共に世話になった。

長屋門も、出会う顔も懐かしい。

「苗字やお役が変わっても、達者に過ごしているのならば何よりだ」

話し声を聞きつけたのか、お長屋の部屋から伝吉も姿を現した。

この屋敷の敷地に足を踏み入れると落ち着く。用人の倅や若党などからは意地悪もされた。しかしそれでも、ここが武家暮らしの出発点になるから、永穂家と屋敷に対する思いは濃かった。

まずは殿様である忠左衛門に面会した。奉公していたときは、掃除の折以外は入ることもなかった客間に通された。

「実は、気になることがあってな」

向かい合って座った忠左衛門は、少しばかり憂い顔をした。

暴れ馬の件だけでなく、これまで藤吉が関わった出来事の決着を鑑《かんが》みて、力を貸してほしいという頼みだった。

「して、どのような」

うらの一件が頭にあるが、できることはするつもりでいた。藤吉を、江戸へ連れ出してくれた人である。

「布施直左衛門《ふせなおざえもん》を知っておるか」

「富士見御宝蔵番頭《ふじみごほうぞうばんがしら》をなさっている方ですな」

話をしたことはないが、城内へ出るようになってから、顔と名だけは知った。役高は四百俵だが、家禄七百石の旗本だと聞いている。

徳川《とくがわ》家累代の宝物を納めた宝蔵を守衛する番士の頭である。永穂が務める御鉄砲簞笥奉行と共に、江戸城御留守居支配の中の役だ。将軍家宝物庫の、管理を担う責任者といっていい。

「その布施だが、あやつの暮らしぶりが奢侈《しやし》で気になっている」

忠左衛門は、声を落として言った。城中ではないから、他に聞く者はいない。それでも念を入れたということらしかった。

布施を「あやつ」と呼んだのは、共に四十歳で、同じ儒学の師の下で学んだ間柄だったことに起因する。家格もほぼ同じで、仲の良い幼馴染《おさななじみ》といっていい。

「では、今でもご昵懇《じっこん》で」

藤吉が屋敷にいたときには、布施の名を聞くことはなかった。それで尋ねたのである。

「いや、近頃は疎くなっている。しかしな、わしにとっては懐かしい者だ」

忠左衛門は、しばし昔を思うような目をしてから言葉を続けた。

「あやつ、もともと贅沢《ぜいたく》なところがあった。そのため一時布施家は、家政が窮迫したと聞いた。五、六年も前の話だ。案じていたのだが、その後すっかりその噂《うわさ》を聞かなくなった。それどころかこの二、三年、暮らしぶりが派手になったとか」

「はあ」

「吉原《よしわら》通いや、どこぞの料理屋で手の込んだ料理を注文したなどの話でな」

家禄七百石ならば、香坂家のような小旗本とはいえない。しかし内証が楽ではないのは、布施家だけでなく、どこも同じだった。家禄は、年ごとに上がるというものではなく、出世がなければ、諸物価が上がっても増収は図れない。禄が高ければ、それなりの付き合いをしなくてはならないから、節約にも限りがあった。

永穂家でも、できるだけ支出を抑える工夫をしていた。香坂家でも同様だ。

「そのような金子を、あやつはどこで拵《こしら》えたのか。腑《ふ》に落ちぬ。家禄や御役手当など一切増えておらぬのだぞ。富籤《とみくじ》にでも、当たったというのか」

「譜代の御家柄ですから、家宝でもあって、ご処分をされたのではないでしょうか」

ありなないことではないので、言ってみた。

「わしもそれを考えた。しかしどう思い浮かべても、家宝の話など聞いたことがない。そこではっと気づいた。とんでもない話だがな」

「何でございましょう」

「あやつは、将軍家の宝物蔵を守る役に就いている。御蔵内にあるのは、目の飛び出るような高価な品ばかりだ。そして番頭ともなれば、御蔵内には容易《たやす》く入れるはずだ」

「ええっ」

聞いた直後には分からなかったが、一呼吸ほどの間を置いたところで察した。将軍家の宝物を、勝手に処分しているのではないかという疑いだ。

「そのようなことが、できるのでしょうか」

藤吉には、啞然とするばかりの話だ。

「分からぬ。あやつのためにも、そうでないことを祈るが。そこでだ、その方に調べてもらいたい」

「しかし」

とてつもない話だ。どこをどう調べたらいいのか、見当もつかない。

「宝物庫の中を、調べろというのではない。そのようなまねはできぬ。ただな、あやつの暮らしぶりや宝蔵番衆を探れば、何かの手掛かりを得られるやもしれぬ。鼻の利《き》くその方だからな、頼んでみることにしたのだ。このような話は、誰にでもできるものではないからな」

城中ではなく、わざわざ屋敷へ呼んだわけを理解した。

推察の通りならば大事件だし、そうでなければ案じた上でしたことでも、布施の名誉を傷つける虞《おそれ》がある。役目は重大だ。

「どうだ、やってもらえぬか」

忠左衛門に頼まれては、断れない。

「できる限りで、よろしゅうございましょうか」

「もちろんだ」

調べのためには、永穂家の若党や中間を使ってよいと告げられた。

屋敷を出ようとすると、門番所に若殿の忠太郎《ちゆうたろう》と伝吉がいた。用談が済むのを待っていたのである。

「何が何だか分からないが、言われたことは、人殺し以外ならばなんでもするぜ」

伝吉は物騒なことを口にした。

「それがしも、手伝うぞ」

忠太郎も言い足した。

中間部屋へ移って、少しばかり昔話をした。

二

江戸城内にある中雀門《ちゆうじやくもん》を入って西へ進むと、富士見櫓《やぐら》と数寄屋多聞《すきやたもん》の続きの二重櫓の間に、西側へ張り出した一廓《いっかく》がある。富士見御宝蔵はその中に、四棟五区画に分かれてあった。

　ここは塗塀で囲まれていて、分厚い戸には錠前がかけられている。出入りは宝蔵番衆以外には、高禄の直参でも許されない。番頭部屋や番士の詰所は、その出入り口の真ん前にあった。

　昼夜を問わず、番士が交代で目を光らせている。

　番士の役高は百俵で、御目見ではない。布施の下で世話役をしているのが、古参の者で下島覚蔵《しもじまかくぞう》という番士だった。

具体的に、どのような宝物が収められているのかは、直参の旗本でも分からない。

「宝剣や宝珠、黄金の仏像や茶器の名品、名画、名筆といったものではないか」

　高齢の者に聞いても、この程度の返答しかなかった。番士は知っていても、口外はしない。それもお役目の内だ。

「とはいっても、城内の御宝蔵に忍び込む者など考えられぬ。そのような話は、聞いたこともない。将軍家の宝物を守るわけだから名誉な役目だが、実際にするのは年に一度のお改めだけだ。閑職と言っていいのではないか」

永穂から話を聞いた翌日、新御番衆の朋輩瀬尾祥五郎《せおしょうごろう》に尋ねると、そういう言葉が返ってきた。

昼夜分かたずの番とはいっても、することは何もない。番所にいて、交代で見回るだけだ。したがって見えないところで居眠りをしたり、将棋を指したりする者もいるらしいと、瀬尾はつけ足した。

藤吉は、番所の前まで行ってみた。ここまでならば、行くことができる。

何人かの番士の姿が、堅牢な門扉の前に見えた。目にした限りでは、詰所でも居眠りをしている者などいない。ただ覇気のある様子は感じなかった。

「あの門扉の錠前は、番頭が持っているのか」

と考えると、小さな品ならば宝物の持ち出しができそうな気もした。

しばらく見ていると、中雀門からやって来る二人の裃《かみしも》姿の侍があった。顔を見ると、番頭の布施と世話役の下島だった。どこかへ出かけていて、戻ってきたところらしい。

目が合ったので、藤吉は塀際に寄り二人に丁寧な黙礼をした。布施はそれに気づいたはずだが、何事もなかったように通り過ぎた。

藤吉の挨拶を、無視したのである。

こうした対応をされるのは、これまで幾たびもあったから気にはしない。ただ傲岸な印象は受けた。一癖ありそうな者にも感じた。

「これは新御番組の香坂様で」

下島は丁寧な答礼をしてから、歩み寄ってきた。藤吉の顔と名を知っていた。生真面目そうな面立ちで、笑顔を向けたわけではない。しかし実直そうな気配はうかがえた。

「過日の増上寺《ぞうじょうじ》ご参拝の折には、見事な弓の腕前を披露されたようで」

称《たた》える口調で言った。

「いやいや、それほどでは」

「お役目、お励みくださいませ」

「そこもとも」

挨拶をして、下島は番屋へ歩いて行った。如才ない態度、物腰だった。

新御番組の控えの間へ行って、かつて富士見御宝蔵番をしていて、御役替えになった者はいないかと瀬尾に尋ねた。いたら、口外できぬことはあるにしても、番士の仕事ぶりや布施や下島の評判を聞けるのではないか。

「そうだな。ああ、小十人組《こじゅうにんぐみ》の袴田銀兵衛《はかまだぎんべえ》殿が、二年ほど前に御役替えになったぞ」

四十前後の歳《とし》だが、まんざら知らぬ者でもないという。そこで袴田のところへ話を聞きに行った。瀬尾の名を出して、問いかけたのである。

「話せることでしたら、お話しいたしますぞ」

瀬尾の名を出しているので、袴田は嫌な顔をしなかった。建物の外へ出て、話を聞いた。

「何しろ、神君御愛用の品々を含めて、金子では購《あがな》うことのできぬ宝物ですからな、慎重に丁重に扱いましたぞ」

それは当然だろう。

蔵内の宝物は、一つ残らず帳面に記載される。そして年に一度十二月に、支配役の御留守居《おるすい》漆原修茂《うるしばらのぶしげ》とその公用人によって改められる。

「勝手に持ち出す者があれば、その時点で分かります」

「なるほど」

「もともと破損がある品は、その旨も帳面に記されている。記されていないのに破損や欠落があれば、一大事ですからな」

そのようなことがあれば、腹を切らねばならぬ場合もあるらしい。

「たとえば黄金の仏像の場合、小指一本、台座の蓮《はす》の葉一枚でも、たいへんな金額になりますからな。また宝剣を落として刃こぼれでも拵えたら、それもただでは済まぬ話でござる」

おおいに納得のゆく話だ。

「盗人の番というよりも、保存に力を注ぐわけですな」

「いかにも」

宝刀を錆《さ》びさせるわけにはいかないから、その手入れも行う。

「そして置かれている品は、そのお改めの折に、置き場所を変え申す。それがしのように、御役替えで番を出た者が、どこに何があると分かっていては不都合でござるゆえ」

「念が入っていますね」

「そうやって、将軍家のお宝をお守りするのでござるよ」

閑職と評する者もいるが、これはこれで大事な役目だと藤吉は感じた。

「では門扉や各蔵の錠前は、厳重なのでしょうな」

「もちろん。たとえ番頭であっても、一人で錠前を開けることはありませぬ。してはならぬ決まりになっており申す」

話を聞く限りでは、容易く持ち出しはできないようだ。

「では番頭の布施様は、厳密な方なのでしょうな」

と言ってみた。ここからが、聞きたいところだ。

「いや」

袴田は、わずかに困惑の色を顔に浮かべた。返答に迷ったらしい。

「番士の世話役をなさる、下島様という方がおいでですな、この方がいつも厳しく目を光らせておりました」

この刀剣は、いつ誰がどの将軍に献上したか。この書画は誰が描いて、どのような謂《いわ》れがあるか。そういうことにも詳しいらしい。

「番頭は、下島様に頼っているところもありました」

「なるほど。ならば下島殿が目を光らせている限りは、誰も勝手なまねはできぬわけでござるな」

「さようです」

下島とは、つい先ほど言葉を交わした。藤吉の弓の腕前を褒めてくれたが、お愛想を口にしたとは感じなかった。不誠実な者には見えなかったのである。

「世話役ということもありますが、下島様は番士に慕われておりました」

これが袴田の評価だった。番頭の布施よりも、信頼が置けたらしい。

布施が奢侈な暮らしを始めたのは、この二、三年だと忠左衛門は言っていた。その頃から宝物を運び出し、金に換えていたら当然気づかれる。しかしそうしたことはなかった。

宝物の運び出しはなかったと、断じてよさそうだ。

「だが……」

これだけで何事もありませんでした、と報告するわけにはいかない。明確な理由はないが、布施は一癖ありそうな者だと感じた。また話を聞いたのは、袴田一人だけである。

さらに何か、調べる方法はないかと首を捻《ひね》った。

三

登城の支度をしている藤吉のもとへ、伝吉が訪ねてきた。今日は夕番である。伝吉は、永穂家の用を済ませてやって来たらしかった。

「何か手伝うことがあったら、かまわず言ってもらいてえ。おれは藤吉のためならば、人殺し以外は何でもするんだぜ」

前と同じことを口にした。主人の忠左衛門に命じられてもいるが、それが伝吉の気持ちらしい。

ただ忠左衛門から、調べの詳細を知らされていない。そこが分からないでは動きようがないので、藤吉は登城の道々で、概要と昨日城内で見聞きしたことを話して聞かせた。

伝吉の口が堅いのは分かっているので、どこかに漏れる気遣いはしていない。

「ふうーん。てえしたお宝だ。さすがに将軍様だな」

話を聞いて、まず漏らした感想はそれだった。

「悪党のおこぼれを、ちょうだいしてえところだな」

と漏らしたのは、本音に違いなかった。

「見張りは極めて厳重だ。容易くは持ち出せないが、どこかに手立てがあるのかもしれぬ」

藤吉の言葉に、伝吉は問いかけてきた。

「一番偉《えれ》え布施ってえ人と、世話役の下島ってえ人は、どんな仲なんですかね」

「さあ。上役と下役といったところだろう」

仲が良いかどうかという点について、昨日話を聞いた袴田は触れなかった。

「端から見て仲が悪そうに見えても、実はつるんでいたら、持ち出しだってできたんじゃねえかね」

「なるほど」

ないとはいえない。

「しかしな、仮に持ち出しても、お改めのときに品がなければ、大騒ぎになる。そういうことはないと聞くぞ」

「なあに、よく拵えた偽物を入れておけばいいじゃねえか。本物か偽物か、誰にでも分かるわけじゃあねえんだろうから」

　伝吉はあっさり言った。

「いかにも、そうだな」

「じゃあおれは、その下島ってえ世話役を探ってみようじゃねえか」

と応じてくれたのは、ありがたかった。住まいは根津権現《ねづごんげん》に近い組屋敷だと聞いているので、それを伝えた。

「ところで、妹の方はどうしたのかね。会ったんだろ」

城の石垣が見えてきたが、まだ下馬札のところまでは間がある。それで伝吉は尋ねてきたのだ。

先日、永穂屋敷へ行ったときも藤吉は話題にしなかった。すれば事情を伝えなくてはならない。

「まあ、そうだが」

どう答えたものかと困惑した。

「何かあるならば、はっきり言えよ。おれたちの仲じゃあねえか」

　少し怒った口調だった。伝吉は、今の身分のことはあまり気にしていない。だからこそ、何も言わない藤吉に腹を立てたのかもしれなかった。

「まあ聞いても、だからって何ができるかは分からねえが」

伝吉は言い足した。

「いや」

藤吉も、誰かに話を聞いてほしいという気持ちがあった。解決策もないまま、胸にしまっておくのは重い。

それで忠太郎や千寿には内緒でと告げてから、和田屋で再会してからの大まかを伝えた。

「和田屋の伊兵衛は、初めから仕組んで、養女にしたわけだな。卑怯なやつじゃねえか」

「まあそうだが、金の算段はしなくてはなるまい」

重い気持ちで藤吉は口にした。

「御目見でも、金になるとてえへんだな。力を貸してやりてえが、おれが出せるのは、せいぜい四、五両までだな」

と言われたのには驚いた。伝吉はそんな大金を持っているのか、それを自分に貸すのかと、藤吉は息を呑《の》んだのである。

伝吉にとっては、長い年月をかけてためた命より大切なものに違いない。そんな金子を、言われるままに使うわけにはいかない。しかし話を聞いてもらえたのは幸いだった。


藤吉から話を聞いた伝吉は、教えられた根津権現に近い、下島の屋敷へ行った。上野《うえの》不忍池《しのばずのいけ》から北西にあたる土地だ。

一軒一軒が、二百坪程度の敷地の組屋敷である。手入れの行き届いた門や建物があるかと思えば、傾きかけた廃屋に近いような住まいもあった。樹木や花ではなく、庭を畑にして冬菜を拵え暮らしの足しにしているところもある。

屋敷の様子を見ると、その家の暮らしぶりがうかがえた。

通りかかった部屋住みふうの若い侍から、下島覚蔵の屋敷を聞き出した。

「これがそうか」

新しい建物ではないが、修理がきちんとなされてあった。門も一部新しい材木を使って補強がなされている。門柱脇にある柊《ひいらぎ》が、白い花を咲かせていた。

掃除も、丁寧になされている。

富士見御宝蔵番士の家が並んでいるわけだが、下島の屋敷は贅沢には感じられない。だが他と比べてゆとりがあると感じた。

世話役は御役扶持《ぶち》として三人扶持が支給されると、藤吉は話していた。

「その違いか」

とも思えなくはないが、伝吉は物事を素直には見ない。

ともあれ近所の者から、話を聞かねばと考えている。ただなかなか人が、道に姿を見せない。

四半刻（約三十分）ほど待ってやっと現れたのは、侍ではなかった。豆腐の振り売りだ。しかしそのお陰で、三軒先の屋敷から、若い新造が丼鉢を手に持って道に出てきた。豆腐一丁を買ったのである。

門内へ戻ろうとするところで、伝吉は声をかけた。

「下島様のお住まいは、このあたりだと思いますが、どちらでしょうか」

腰を低くして、恐縮した様子を表に出しながら言った。この程度の芝居ならば、お手のものである。「あそこですよ」という返事を待ってから、問いかけを続けた。

目は、指差された屋敷へ向けている。

「下島様は、ずいぶんとご門やお屋敷のお手入れをなさったようで。始末がよろしいのでございますね」

「ええ。ここのところ、そのようですね。先日は植木の職人を入れていました。うちでは、家の者がいたしますが」

そう告げると、若い新造は門内に引き上げた。なるほどと思いながら、伝吉は庭の樹木に目をやった。

さらに先ほどの豆腐屋を追いかけた。これにも声をかけた。

「下島様は、豆腐をお買いにはならないかね」

「たまに、買っていただきますよ」

「あの家は、内証がよさそうだな」

「そうですね。そういえば半月くらい前に、呉服屋の番頭がお屋敷に入るのを見ました。このあたりじゃ、番頭を呼んで呉服を買うなんて、ほとんど見かけません」

根津宮永町《みやながちょう》にある呉服屋だそうな。そのあたりでも豆腐を売るから、顔を知っていると言った。

そこで伝吉は、宮永町へ足を運んだ。呉服屋は一軒しかないから、すぐに分かった。

店先に中年の番頭らしい者がいたので、声掛けをした。

「おれは、富士見御宝蔵番の家で奉公している者だがね、うちの殿様が、着物を誂《あつら》えたいとおっしゃっている」

「それはありがたいことでございます」

「ただ、金子の都合もあるのでな。ちと尋ねたいわけだ」

「どのようなお話で」

「下島様のところで買った品だが、あれはなかなかいいものだった。ずいぶんと高いものらしいが、どれくらいかね。用意ができるならば、目安にしたいというわけだ」

「ご覧になったわけですね。あれはいい品でした。ただ金子をお知らせするのは、ちと」

客に売ったものだから、言えないのは当然だ。

しかし伝吉にしてみれば、値を知りたいわけではない。ただ「いい品」だと聞いたのは、儲《もう》けものだった。

「よく、お買いになるのかね。あちら様じゃあ」

「年に、二、三度くらいではありませんか。旦那様と、ご新造様のものでした」

初めて買ったのは、二年くらい前だという。その前は、なかった。

「そうかい、なるほどねえ」

暮らしに追われていたら、古着であっても買えない。それを夫婦で新調している
というのは、伝吉の気持ちを引いた。

「どちらのお屋敷でしょうか。お求めに合わせたお品を、お持ちいたしますよ」

番頭は揉《も》み手をした。

「いやいや。そのときは、こちらから寄らせてもらうぜ」

伝吉は言い残して、店の外に出た。

四

翌日藤吉は、泊番だった。夕刻までは、登城をしなくていい。そこで蔵前《くらまえ》の、札

差のところへ行った。

昨夜、藤吉は伝吉からの報告を受けた。

「下島は、怪しいぜ」

なるほど、と思える内容だった。布施だけでなく下島も怪しいとなると、二人で図って宝物を運び出せるのではないかという伝吉の言葉が、笑い話ではなくなる。

下島が出入りしている札差は、浅草御蔵前片町《おくらまえかたまち》の大前屋《おおまえ》だと先日話を聞いた袴田は言っていた。そこで下島の借金事情を、尋ねてみることにしたのである。

とはいっても、札差の番頭や手代が、出入りの御家人たちの暮らし向きについて、知らぬ者に尋ねられて喋《しゃべ》るわけがない。

そこで藤吉は、一計を案じた。

店の中を覗《のぞ》くと番頭が店の奥にいて、四人の手代が、次々に現れる御家人の相手をしていた。他に四、五人の小僧がいるのがうかがえた。これらにそれとなく、近づこうという腹だ。

離れたところからしばらく見ていると、小僧は全部で六人くらいいる。十一、二の入り立てとおぼしい者は置いて、十六、七の小僧に目をつけた。

　その内の一人、面皰面《にきびづら》の小僧が通りに出てきた。蔵前通りを浅草寺《せんそうじ》方向に歩いて行く。しばらく歩いたところで、藤吉は声掛けをした。

「その方、大前屋の者だな」

「さようでございます」

「ちと内密に、話してほしいことがある。その方には迷惑をかけぬゆえ」

　そう告げて、かねて用意していたお捻りを与えた。鐚銭《びたせん》十枚が入っている。受け取った小僧は、顔を紅潮させた。しかしお捻りを、押し返すわけではなかった。そのまま握っている。

「出入りの御家人に、富士見御宝蔵番の下島という者がいる。覚えているか」

「へ、へえ」

　わずかに首を傾《かし》げてから、小僧は頷《うなず》いた。記憶の中から、どうにか拾い出したらしい。

　ほっとした藤吉は、問いかけを続ける。

「その下島だが、近頃金を借りるために、顔を見せるか」

金銭の面で困っていなければ、やって来ないはずだ。

「ええと、そういえば来たと思います。半月ほど前です」

「金子を借りに来たのだな」

「そうだと思います」

自信のない口調だったが、否定はしなかった。

これは藤吉にしてみれば、予想外の返答だった。布施と組んで、不正を行っているならば、札差になど用はない。禄として支払われる米を受け取るだけで終わりだ。

となれば、着物を買い入れた金子は、札差から借りて賄ったという線が出てくる。それはこちらの推量とは異なる。ただそれ以上、下島についてこの小僧が知っているとは思われなかった。

小僧への問いかけは、これでやめにした。用達《ようたし》に行かせる。小僧はほっとした顔で、離れて行った。

藤吉はもう一度、大前屋の店の前に戻った。今の話だけでは、下島への不審は晴れない。

今話を聞いた小僧と、ほぼ同じくらいの年頃の小僧が、店の主人らしい中年の羽織姿の者と店の外に出てきた。手に風呂敷包みを持っている。

主人の供をして、歩き始めた。藤吉はこれをつける。すると行った先は、同じ蔵前通りにある瓦町《かわらまち》の札差の家だった。主人に続いて店に入ったが、すぐに出てきた。風呂敷包みを持つためについてきたらしかった。

来た道を戻って行く。藤吉はここで声をかけた。「大前屋の者だな」と、前と同じように問いかけをしたところで、小僧の腹の虫がぐうとなった。

小僧は困った顔をしたが、藤吉は笑った。若い小僧は、腹を減らしているらしい。見回すと天王町《てんのうちょう》の木戸番が見える。ここで蒸《ふ》かし芋を商っていた。

「どうだ。少しばかり話を聞かしてくれるならば、馳走《ちそう》をするぞ。そういえばおれも、腹が減ってきた」

藤吉はそう言って、小僧の腕を引いた。小僧は頷いたわけではないが、逆らうわけでもなかった。大ぶりの蒸かし芋を、二つ買った。

「さあ、食べろ」

一つを与えた。

小僧は躊躇《ためら》いを見せたが、香ばしい芋のにおいが鼻を突いてくる。藤吉が齧《かじ》り始めると、小僧もかぶりついた。

「うまいな」

そう言うと、小僧は黙って頷いた。ここで問いかけを始めた。

「大前屋に出入りする御家人で、下島覚蔵という御宝蔵の番士がいる。存じているな」

「へ、へえ」

やや間を置いてから、返事をした。前に話を聞いた小僧よりも、目端が利く者らしく感じた。

「半月ほど前に、店に来たそうだな。金を借りに来たのか」

聞きたい要点を口にした。食い物で釣るのはいささか気が引けたが、ここは他に手立てがない。

小僧は、「ええっ」という顔をした。

「借りに来たのではないと思います」

首を傾げた。やり取りに関わったわけではないが、近くにはいた。

「では、何をしに来たのだ」

「返済にお見えになったのです。金子をお出しになったのが見えましたから」

「そ、そうか」

前の小僧は、金子を出した場面は見なかったようだ。借りると返すでは、大違いではないか。

「どれほど返したのか」

「そこまでは分かりません。でも、小判が二枚見えました」

蒸かし芋を食べさせてやった成果は、これで充分に得られたと思った。下島にしても、禄米の他に実入りはない。にもかかわらず新しい着物を買い求め、札差への借金を返済したのである。

ここで藤吉は、小僧を解放した。食い終えた小僧は、店へ駆け戻って行く。

ひとまず、蔵前通りまで出てきた用事は足せた。ただこれで、屋敷へ戻る気持ちにはなっていなかった。

大通りから横道に入って、福井町《ふくいちょう》へ行った。和田屋の前に立った。

店の内部に目をやると、今日も客の気配はない。店の奥で、うらが店番をしていた。つまらなそうな顔をしている。

藤吉は声を出さずに、敷居に足をかけた。そして顔を向けたうらに、手招きをしたのである。

うらは弾かれたように、履物をつっかけると、店先へ出てきた。

「ちと外で、話をしよう」

「あ、あんちゃん」

微《かす》かな躊躇いを見せたが、逆らうわけではなかった。家と家との間の隙間のようなところに二人で身を置いた。

「あんちゃんとは、二人だけでは会うなって、この間言われた」

「ふん。気にするな」

躊躇いがちに言ったうらの言葉を、藤吉は遮った。

「伊兵衛らはな、おまえを食い物にしようとしているだけだ」

これでも、怒りを抑えながら言ったつもりだった。うらは息を呑んでいる。

「和田屋の商いが傾いた事情が分かるか。分かる範囲で、話してみろ」

おめおめと、うらを高利貸し澤瀉屋に渡してしまうつもりはない。有効な手立ては浮かんでいないが、和田屋の現状はきちんと摑《つか》んでおく必要があると考えた。そのためやって来たのである。

うらにしてみれば、やっと兄に会いながら、どうにもならない身の上でいる。たまらない気持ちで過ごしていることだろう。

「和田屋は、高崎《たかさき》城下の地回り問屋太田《おおた》屋から、木綿を仕入れていた。その店が潰れて、お金だけとられて仕入れができなかった。でも江戸の客には、品を渡さなくちゃならないから、金貸しからお金を借りて、他の店から高い仕入れをしなくちゃならなくなったって、旦那さんは言っていた」

金貸しから借りた金は、高利だったようだ。返済できぬまま、利息が利息を生んだらしい。

この和田屋の事情をうらが知ったのは、養女の届を出してからである。伊兵衛らは、事情を伝えないまま、養女の手続きを進めたことになる。

「江戸には、あんちゃんがいると思ったから、怖いのは半分になった。それに和田屋の旦那さんは、とても優しくしてくれた」

腹いっぱい食べさせてくれて、文字も教えてくれた。厠《かわや》の掃除はしたが、ぶたれたりすることもなかった。具合が悪いときには一日寝かせてくれて、粥《かゆ》まで拵えてくれた。

うらにしてみれば、そんな扱いをされたのは生まれてこの方一度もなかった。熱があっても働かされた。

だから伊兵衛夫婦の養女になるのを、そのときは喜んだ。

「あたい、江戸にいることをあんちゃんに伝えようと思って、永穂様のお屋敷へ行ったんだ」

しかし会えなかった。養女の話が決まってからは、勝手な外出ができなくなった。

「あんちゃんには、必ず伝えるって言われて、そのままになっていて」

うらにしてみれば、もどかしい気持ちで過ごしていたようだ。

「それは、あいつらの企みだったわけだな」

そう言うと、うらは歯を食い縛った。藤吉はそれで、かえって慌てた。うらを責めるつもりはない。

「だからさ、澤瀉屋さんの話を聞かされたときは驚いた。でも何だか、仕方がないっていう気もした。だってさ、あんなに優しくしてもらったから」

悲しげな口調だと、藤吉は受け取った。

「何を言うか。ばかめ」

うらの頭を撫《な》でた。

「では和田屋の店舗を、借金の形として金を貸している相手は、どこの誰か」

「本郷《ほんごう》一丁目の、宍倉《ししくら》屋だよ。毎月、利息を取り立てに来る」

さらに伊兵衛夫婦には、玉之《たまの》助《すけ》という倅《せがれ》がいる。それについても聞いた。京橋北《きようばしきた》紺屋町《こうやちよう》の近江《おうみ》屋という太物屋へ奉公をしているとか。いつかは、和田屋に戻る話になっている。

「おれは、おまえを必ず香坂家に引き取るからな」

藤吉はうらに告げた。これは決意といってよかった。うらはそれで顔を歪《ゆが》めたが、泣いたわけではなかった。手を握ってやると、強い力で握り返してきた。

うらと別れた藤吉は、鍛冶橋《かじばし》の東にある北紺屋町へ行った。近江屋の店の前に立ったのである。

間口五間の、老舗といっていい店構えをしていた。見ている間にも、客が出入りする。和田屋とは、雲泥の違いだ。

店の中を覗くと、何人かの手代が客の相手をしている。その中に玉之助がいるはずだが、顔は分からない。

そこで店の前の道で水を撒いていた小僧に問いかけた。

「ああ。玉之助さんならば、あの人です」

小僧は指差しをした。鼻筋の通った面立ちだが、それだけでは商人としての資質や人柄は分からない。

「あの者は、その方ら店に入って間のない者の面倒をよく見てくれるか」

「…………」

小僧は、はっとして顔を強張《こわば》らせた。すぐには返答ができない。

藤吉にしてみれば、それが何よりの返事だった。小僧と別れて、木戸番小屋の番人に問いかけをした。

「ええ、近江屋さんは繁昌《はんじょう》していますよ。もう何代も続いているお店ですね」

「手代の玉之助を知っているか」

「そりゃあもちろん」

「商いには、精を出しているのであろうな」

「ま、まあ、そうではないですか。たまに、何人かで、酒を飲みに行くようですが」

「ほう」

給金を得ているのだから、それくらいはかまわないと思うが、和田屋の状況を照らし合わせると気に入らない。

「一緒に飲むのは、どういう者か」

飲むといっても、居酒屋や屋台の燗酒《かんざけ》屋らしい。

「ときおり、目付きのよくない遊び人ふうと飲んでいることがあります。誰と飲もうとかまいませんけど、博奕《ばくち》打ちだと身を滅ぼします。近江屋の旦那は博奕を蛇蝎《だかつ》のように嫌っています。知られたら、店を追い出されます」

「なるほど」

「そうやって出された者が、前にもいましたよ。十何年も奉公して、すべてを失いました」

番人はそう言った。

五

十二月もそろそろ中旬になる。江戸の町だけでなく、城内にも年末の慌ただしさが漂い始めた。富士見御宝蔵では、御留守居漆原修茂とその公用人によって、『宝物改め』が十五日から五日間行われる。

御宝蔵の門扉が開かれ、番士が出入りする姿が見られるようになった。数日前までの、のんびりした空気はなくなっている。

「まあ、帳面と宝物を照らし合わせて確認するのが、お改めの眼目だ。しかしおおむねは形式的に終わるらしいぞ」

朋輩の瀬尾はそう言った。

ただとっておきの宝物を改めるわけだから、その中の数点は御留守居が手に取って調べる。あるなしというだけでなく、部分の欠損や保存状態を見る。刀剣に錆《さび》があったり、宝物に瑕疵《かし》があったりしては番頭の責となるので、布施を始め世話役の下島らは、事前の点検を始める。

御留守居が何を調べるかは、事前に知らされない。ただ今年は仏像の中から調べるという内示はあったらしい。昨年は、軸物の絵画だった。

「たまたま告げられたものに問題があってはたいへんだから、番の者たちは、慎重に調べをするわけだな」

この程度は、新御番組の者たちでも知っていて話題になる。

「問題がある品が発見されたときには、どうするのですか」

「必要に応じて修理をする」

藤吉の問いに、瀬尾が答えた。その費用は、幕庫から出る。宝物の管理に費《つい》えが掛かるのは織り込んでいるらしかった。

「ただ、毎年そうあるとは聞かぬな」

日頃番士が気をつけていれば、酷《ひど》い状態になる前に修理や修繕が行える。

「その折には、城内に人を入れるのですか」

「いや、そのようなことはせぬ。各分野の名人や匠のもとに番士が運ぶ。もちろん警固の人数をつけてな」

「すると搬送の中心になるのは、世話役の下島殿あたりになるのでしょうね」

「まあ、そうだろう」

瀬尾も詳しいことは分からない。しかしそんなところだろうという見当はつく。城内にある宝物を守るだけが、番士の務めではない。名人や匠の住まいにある場合は、そこでも警固に当たる。当然、泊まり込む折もある。

泊番を終えた朝、藤吉は下城の前に、御宝蔵の見えるあたりに行ってみた。御蔵の門扉が開かれていて、番士の姿が見えた。その中には下島の顔もあった。

宝蔵番には、役高二十俵二人扶持の下番《したばん》がいる。見ているとこれらが、長持ちを担《にな》って御宝蔵から出てくるところだった。

先頭に下島が付き、二十名ほどの番士がこれを囲んだ。

「修理のために、運び出すわけだな」

と見当がつく。番頭の布施の姿も現れて、これを見送った。

正式な手続きをへての持ち出しに違いない。だがあの長持ちの中に、何か予定外の品を入れて持ち出すことも可能ではないか、と藤吉は疑念の目を向けた。

高価な本物を運び出し、「よく拵えた偽物を入れておけばいい」と告げた伝吉の言葉が頭に蘇《よみがえ》る。番頭の布施と世話役の下島が、「実はつるんでいたら、持ち出しだってできたんじゃねえか」という言葉もあった。

この時期は、番士たちによる御宝蔵への出入りが多くなる。宝物の入った葛籠《つづら》や箱を開ける機会も増えるだろう。普段にやれば怪しまれる行為でも、この時期ならばお役目の一つと考えられる。

下島を先頭にした長持ちを運ぶ一行が、藤吉の目の前を行き過ぎた。下島と目が合って、互いに黙礼をし合った。

「ともあれ、下島の動きを洗わねばなるまい」

下城した藤吉は、永穂屋敷へ足を向けた。伝吉ら中間と打ち合わせをし、下島を見張ろうという結論になった。

「まずはおれたちが、交代でかかるとするぜ」

伝吉が言うと、左次郎が頷いた。藤吉は、下島の登城の番を調べて伝えている。下馬札からやや離れたところから、その顔を見させた。

その日の夕刻から、見張りを開始した。

三日目の見張りとなった。下島は、根津の屋敷とお城を往復するだけだった。不審な動きは見られない。

「だが、そろそろ何かをしでかすぜ」

伝吉はそう呟《つぶや》いて、下馬札からやや離れた供待ちで下島が姿を現すのを待っていた。不正をしているならば、そろそろ何かの動きをするはずだと踏んでいる。

朝番なのは分かっているから、下城を見込んでやって来た。じっとしていると、かなり冷える。寒さも厳しくなっていた。

「おお、来たぞ」

下島は律儀な質《たち》らしい。刻限は予想した通りで、寄り道をしない。歩いていて、何かに気を奪われることもなかった。

屋敷がある根津への、最も近い道をいつも歩く。

「はて」

だが今日は、神田《かんだ》の町並みに入ってから違う道になった。吹きつける風の冷たさは変わらないが、伝吉の腹の奥が熱くなった。

立ち止った場所は、神田松枝町《まつがえちょう》である。商家の並ぶ通りではなかった。しもた屋が並んでいる。紺屋があって、建具を拵えている家もあった。

職人が住まう一画らしかった。とはいっても、粗末な建物ではない。親方と呼ばれるような職人が弟子を使って仕事をしている。そんな気配だった。

下島は、その中にある黒板塀に囲まれた住まいの中に入って行った。慣れた様子で戸を叩くと、小僧が現れて頭を下げた。

通りかかった中年の女房に尋ねると、金銅仏師の惣兵衛《そうべえ》という親方の家だと分かった。

「寛永寺《かんえいじ》や伝通院《でんづういん》などにも出入りしている、名工と呼ばれる人ですよ」

女房は言った。新しい仏像を拵えるだけでなく、修繕もするらしい。

今年の宝物改めは、仏像を中心に行われると藤吉から聞いている。役目に関わりのある訪問なのは確かだった。

何をしに立ち寄ったか、忍び込んで聞きたい気がしたがそれはできない。待っていると、四半刻もしないで出てきた。そのまま神田川方面に歩いて行く。

そろそろ夕暮れどきだ。道に薄闇が這《は》い始めている。

下島は、城を出たときと同じ速さで歩いて行く。急いではいないが、ゆっくりでもない。そこへ横道から、三十歳前後とおぼしい中背の職人ふうの男が現れた。髷《まげ》の先を散らしている。どこか崩れた様子が、風貌にあった。

ぎこちなく頭を下げると、横に並んで歩き始めた。下島はそのまま歩いて行くが、追い払うような仕草は見せなかった。親しげでもない。

二人は歩きながら、何かやり取りをした。間を空けているので、声は聞こえなかった。柳原《やなぎわら》通りに出て、西へ向かう。八《や》つ小路《こうじ》に出ると、雑踏を通り抜けて昌平橋《しょうへいばし》を北へ渡った。

その間も、やり取りを続けている。

伝吉は間を縮めたが、話は聞こえなかった。橋を渡り終えると、二人はそこで別れた。下島は湯島天神方向に歩いて行く、屋敷へ戻ろうとしているようだ。

職人ふうの方は、聖堂の方へ進んで行く。伝吉は、こちらをつけた。

この男も、迷いのない歩みで聖堂の北側を通り抜けた。そのまま真っ直ぐに歩いて、湯島五丁目に出た。蠟燭《ろうそく》屋のある横道に曲がった。そのまま歩いて、裏長屋の傾きかけた木戸門の中へ入った。二棟ある棟割長屋のうち、奥にある端の部屋の戸を開けた。

井戸端で米を研いでいる婆《ばあ》さんがいたので問いかけた。

「あの端の部屋に入った職人の名は、何ていうのかね」

鐚銭五枚を与えた。

「ありゃあ、常造《つねぞう》だよ」

婆さんは不愛想に答えてから、銭を帯の間に押し込んだ。伝吉は、改めて五枚を与えた。

「何の職人かね」

「仏像を拵えているよ。金銅仏を拵える職人だって聞いたけどね」

「なかなかの腕なのか」

「さあ。もともとはいい腕前で、名人の弟子だったたって聞いたけど、酒と女で身を持ち崩した。だからこんな長屋で、燻《くすぶ》っているんだろうけどね」

名人というのが誰かは分からない。越してきたのは、三年ほど前だそうな。遊んで朝帰りをすることもあるが、おおむね仕事はしているそうな。

「金に困っているってえ感じじゃないね」

大家の住まいを聞いて、そこへ行った。

現れた初老の大家に、伝吉は礼儀正しく頭を下げた。自分は旗本家の奉公人で、主人が仏像の修理を頼みたいと言っている。常造は腕のいい職人だと噂を聞いたが、外見だけでは見当もつかない。人となりを聞かせてほしいと頼んだのである。

「なるほど、そういうことですか」

大家は、不審には思わなかったらしい。常造は神田松枝町の金銅仏職人惣兵衛の弟子だったが、不始末をしでかして破門になったと話した。

「腕は悪くないようですよ。湯島一丁目に初雁屋《はつかり》という古道具屋がありましてね、そこの仕事を貰《もら》ってやっています。御主人は四郎兵衛《しろうべえ》といいます。常造さんは、酒と女はやめられないようですが、仕事はしています。店賃《たなちん》をためることもありません」

「金銅仏ってえのは、何ですかい」

仏像になどは縁のない暮らしをしている。見当もつかないので尋ねたのだ。

「そうですね。仏像の型に銅を溶かして流し込み、表面に金の鍍金《めっき》をした仏像といったらいいでしょうか」

「すると金ではない仏像を、金で作られたもののように見せたものですね」

興奮を抑えながら伝吉は言った。黄金でできた仏像の、偽物を拵えるところに繋《つな》げている。

「まあ、そうでしょうね」

大家は応じた。

そこで伝吉は、湯島一丁目へ行った。初雁屋の店の前に立ったのである。間口四間の店だが、重厚で落ち着いた雰囲気のある店だった。

店に明かりが灯《とも》っていて、小僧が戸を閉めるところだった。中を覗くと、五十代半ばの羽織の男が、手代らしい若い者と話をしていた。「旦那さん」と呼びかけた声が聞こえたので、その羽織の男が四郎兵衛だと分かった。

四角張った顔で、濃い眉をしている。やり手の商人といった印象だった。

六

伝吉の報告を聞いた藤吉は、朝番を済ませ、下城したところで数寄屋橋御門内の南町奉行所へ行った。与力の平田一之進《ひらたいちのしん》を訪ねたのである。

「湯島一丁目で古道具を商う初雁屋四郎兵衛なる者がいる。この者について、何か問題がないか。町奉行所で分かっていることがあったら、教えていただきたい」

と依頼した。

「ちと、待たれよ」

与力とはいっても、ご府内で起こるすべての出来事を知っているわけではない。湯島界隈《かいわい》を町廻り区域にしている定町廻り同心に聞いてみようと言ってくれた。

少しばかり待たされた。

「ちょうど詰所に、その者がいたので聞いてきました。逆に何で、初雁屋を調べたいのかと尋ねられましたぞ」

平田は言った。

こうなると、何も告げずに話だけ聞くわけにはいかない。平田は信頼できる人物なので、口外は無用と断りを入れた上で、富士見御宝蔵にまつわる不審について大まかな内容を話した。

「なるほど、そういうことですか」

町方には伝わらない、城内の出来事だった。

「いや、聞いたところによると、初雁屋は盗品を扱う者として名が挙がったことがあるそうでござる」

　平田は声を落としている。

「ほう」

「それも金高の張る、上物を扱うらしいとか」

　日頃店の商いが繁昌しているようには見えない。にもかかわらず困った様子もなく、泰然と暮らしている。身に付けている品は上物で、料理屋で贅沢な食事をし、芸者遊びもするそうな。

「それでも捕えられないのは、悪事の証拠がないからですね」

「さよう。買い手も、盗品と分かっていれば口が堅い。外に漏れることもないまま、売買が成立する。これでは、町方が入る余地はありませんのでな」

　初雁屋については、捕えた盗賊から何度か名が出た。しかしそれだけでは、捕えるわけにはいかない。様子を探っているが、尻尾を出すことはないとの話だった。

「そうなると、布施殿や下島殿が初雁屋へ宝物を横流ししているという虞が出てきますな」

「いかにも。金銅仏職人の常造が、偽物を作って御宝蔵へ戻すという形です」

平田の言葉に、藤吉が頷いた。

宝物改めがあっても、常造の技が優れているならば、黄金の仏像と同じ品を金属で拵えればいい。この品に鍍金や金箔を施せば、素人には見分けようもない。

「それは、仏像に限りませぬな」

「いかにも。宝物蔵には、金製品が少なくない。持ち出した品を、純度の低い金に変えれば、途方もない金子になるでしょう」

平田と藤吉は頷き合った。

「しかし常造なる者が、それだけの仕事ができるのでしょうか」

御留守居の漆原や公用人は、宝物の鑑定人ではない。しかし少しでも怪しいと感じれば、その道の玄人に目利きをさせる。平田が気になるのはそこだろう。

藤吉にしても、同じ考えだ。漆原や公用人に怪しまれない程度の、品作りができる腕がなくてはならない。

「常造にそういう腕があるかどうか、調べなくてはなりますまい」

「いかにも。あるいは他に、仕事ができる者がいるかもしれないですぞ」

では、誰に聞けばいいか。思い当たったのは、金銅仏師の親方惣兵衛だった。

「まさか惣兵衛も、横流しに加わっているのではないでしょうな」

そこまで疑いたくなる藤吉だった。

「いや、それはないでしょう。仮にそうならば、常造は親方の屋敷にいたはずです。どこかで出てくるのを待っていて下島殿と合流したのならば、繋がりはないでしょう」

さすがに平田の目は、鋭いと思った。だとすれば下島が惣兵衛の住まいに寄ったのは、役務の上でのこととなる。

「では惣兵衛殿から、話を聞いてみるとしましょう」

「ならばそれがしも、同道いたす」

二人で出かけた。平田も、この一件に関心を持ったらしかった。

平田は、町奉行所の与力として、惣兵衛の住まいを訪ねた。惣兵衛は気難しそうな老人だったが、さすがに会うことを拒まなかった。

「破門した、常造を覚えているであろうな」

そう平田が問いかけると、苦々しい顔をした。

「あいつ、何かしでかしたのですかい」

「分からぬ。その虞があるので、話を聞きに来た」

こちらが知りたいのは、常造の金銅仏師としての腕だ。平田はそれを尋ねた。

「あの者は、酒と女で身を持ち崩した。しかし腕はよかった。惜しいやつです」

昔を振り返る面持ちになって惣兵衛は言った。

「将軍家の宝物庫にあるような品の、偽物を作ることができるか」

「それは、無理でしょう。玄人の者が見れば、気がつくのでは。あやつ、細かなところで仕事が雑になる」

「しかし少しばかり仏像に詳しい、という程度の者だったらどうか」

「騙《だま》せるでしょうな」

惣兵衛は、きっぱりと口にした。そして続けた。

「あいつは、初めてここへ来たときから、勘のようなものがありました。横道にそれなければ、まっとうな仏師になったでしょう」

惜しいという顔をした。

弟子の中には付き合っている者もいるかもしれないが、どこで何をしているかは知らないと言い足した。

「将軍家の御宝蔵には、見事な品が収められているのでしょうな」

「それはそうだ」

下島が立ち寄るくらいだから、修繕もしているに違いない。しかしそれには触れなかった。

「初雁屋がどこまで関わっているかは分かりませぬが、どうやら常造は、悪事に関わっていそうですな」

惣兵衛の住まいを出たところで、平田はそう言った。

七

伝吉と交代した左次郎は、常造を見張っている。長屋の木戸門の陰や、近くにある地蔵堂の裏手などに潜んでいた。近所の者に怪しまれるので、折々場所を変えている。

詳しい事情を聞かされているわけではない。ただ常造は、大事件に関わる者だと告げられている。

「藤吉のためだからな」

という気持ちもあった。同じ釜の飯を食った仲である。見張りを始めたのは、昨日からだ。下島よりも、こちらの方が大事らしい。常造の顔はあれだと、事前に教えられていた。

そろそろ夕暮れどきになっている。西空の日は、低いところに落ちていた。

「おおっ」

常造が、長屋の部屋から出てきた。道具箱を担っている。出仕事ではないから、何かあるぞとすぐに察した。しかも夕方からである。左次郎は気づかれないように、気を遣いながらつけて行く。

迷いのない足取りで歩いて、上野広小路へ出た。人ごみを避けて進み、上野の山の東側にいたった。寺に挟まれた道に出て、さらに進んで行く。このあたりに来ると、人気《ひとけ》はほとんどなくなった。

薄気味悪いくらいだ。しかもかなり暗くなっている。このままいけば、三ノ輪《みのわ》方面に出る道だ。けれどもしばらく行って、左折した。寺町を抜けると、視界が広がった。田畑の間に建物が見える。月の光が、それらを照らしている。

このあたりは、根岸《ねぎし》の里と呼ばれるあたりで、分限者《ぶげんしゃ》の寮などがある。殿様の使いで、前にこのあたりにやって来たことがあった。

常造は、その中の一軒の屋敷の中に入って行った。暗いからよくは分からないが、隠居所といっていいような風情である。

そこで左次郎は、明かりの灯っている近くの農家へ行った。声をかけて、姿を見せた農夫に問いかけた。

「あのお屋敷は、どちら様のもので」

と丁寧な口調にしている。日暮れた後でいきなり訪ねれば、誰でも警戒するだろう。

「ああ。あれは、湯島の初雁屋さんの別邸ですよ」

農夫は、どうということもない口調で言った。それだけ分かれば充分だと感じた左次郎は、それで頭を下げた。

浜町河岸の、香坂屋敷へ走ったのである。

朝番を終えて屋敷へ戻った藤吉は、小笠原屋敷から使いが来たと知らされる。千寿からの呼び出しだった。

「そ、そうか」

忘れていたわけではない。富士見御宝蔵の一件に関わりながらも、いつも頭のどこかにあった。うらの今後についての思案とは、また別の気持ちだ。

千寿にはうらの居場所について調べてもらったという恩がある。しかし金絡みの養女問題があって、その報告をしていなかった。再会したことさえ、伝えていない。行けば詳細を話さなければならないので、敷居が高かった。

ただ千寿が、その後を知りたがっていることは察している。身分が上だから、報告を入れろと命じているのではない。藤吉とうらの関係を大事に思うから、案じてくれたのだ。

ともあれ、本所の小笠原屋敷へ足を向けた。

中奥にある、客間に通された。待つほどもなく、足音が聞こえ千寿が部屋に入ってきた。

顔を見ただけで、機嫌が悪いのは分かった。

そもそも千寿は、初めから笑顔など見せない。いつもつんとしているが、そこに怒りが加わっている。

逃げ出したい気持ちと戦いながら、藤吉は頭を下げた。

「お陰様にて、妹うらと対面することができました」

顔を上げずに言った。目を見るのが、怖かった。厚意に応えていない己に、後ろめたさがある。

「なぜすぐに、お知らせいただけなかったのですか」

やはり不機嫌な口調だった。これまでならば、もっと強く出る。それでも抑えている気配があった。

ただ不満な気持ちを、ぶつけてきていることには変わりない。うらとの再会は、藤吉の私事だが、これを伝えないことに千寿は腹を立てている。それをぶつけるために、呼び出したのである。

これには、新鮮な驚きがあった。

初めて会ったときから、千寿はいつも、自分からは遥《はる》かに上にいる者として接していた。けれども今日は違う。同じ地点に立って話していると感じた。

どきんと、心の臓が大きな音を立てた。千寿の怒りは、自分に対する特別な思いの表れなのではないかと受け取ったのである。

これにはかなり慌てた。

「それは……」

屋敷へ来る道すがら、どう伝えようかと考えた。しかしうまい返答が浮かばないまま、着いてしまった。

ともあれ訪ねて再会し、うらが喜んだところまでを伝えた。恐る恐る顔を上げると、にこりともしない目が、こちらを見据えている。

「香坂屋敷へ迎えないのですか」

「和田屋の養女になっていましたゆえ」

歯切れの悪い返答になった。

「そなた、何を隠している」

いつもながらの、厳しい口調だ。

「い、いえ。何も」

「隠し事をしてはならぬ。それが面に出ているではないか」

「ははっ」

畏れ入った。お見通しだと思ったから、返す言葉がなかった。そこですべてを伝えることにした。

「なるほど、四十三両か。和田屋の夫婦は、卑怯な者たちだな」

これまで見せていたものとは違う怒りを、千寿は顔に浮かべた。そして続けた。

「金子が絡むゆえに、私に伝えられなかったわけですね」

「………」

その通りだが、藤吉は返事ができない。

千寿は、少しの間考えるふうを見せてから口を開いた。顔を合わせたばかりのときにはあった腹立ちが、顔から消えている。やや気落ちしたようにもうかがえた。

「水臭いではないか」

「い、いや」

「妹ごを、金貸しの囲い者になどしてはなりますまい。金子は、私が何とかいたしましょう」

と言われて、藤吉は息を呑んだ。

「それはなりませぬ」

千寿の言葉は、予想できないものではなかった。そう口にするかもしれないという気持ちが、どこかにあった。だがだからこそ、報告に来られなかった。

そこまで世話になってはいけない、との思いがある。身分は違っても、男と女としてこだわりなく関わりたいと願っている。初めて姿を見たときから、たとえ一緒になっても、自分が媚《こ》びたり千寿を下に見たり、そういう関係にはなりたくなかった。

藤吉の千寿に対する矜持といっていい。好いた女子《おなご》から、金銭による手助けを受けてはならないという決意だ。

「仰せの通り、和田屋のやり口は卑怯でございます。それゆえそれがしは、金を払うのではなく、和田屋夫婦の狡《ずる》さを糾弾した上で、引き取る方策を考えたいと存じます」

言ってしまってから、ああこれが自分の本心だと気がついた。おめおめ、金を出してはいけない。悪意の企みを糺《ただ》して、うらを取り返したいのだ。

前から考えていたのではない。千寿を前にしたから、胸の奥に潜んでいた思いが出てきた。かえって闘志が湧いた。

「なるほど、それはそうですね」

千寿の顔から、怒りはまったく消えている。藤吉の言葉から、何かを感じたらしかった。

「力になれることがあったら、なりたい」

「かたじけない」

ありがたいが、藤吉の胸に浮かんだ思いはそれだけではない。なぜそこまでしてくれるのか、ということだった。

千寿はその藤吉の心の動きを察したように、口を開いた。

「そなたは好いた者がありながら、私の言葉を受け入れて、楓《かえで》様との祝言を受け入れた。そして楓様を愛してくれた」

「そ、それは」

「私はあのときの、そなたとのやり取りを忘れていない」

口にしていて、気持ちが昂《たかぶ》ったのかもしれない。終わりの言葉が乱れていた。そして千寿は、部屋から出て行ってしまった。

藤吉は声をかけることもできず、その後ろ姿を見送った。

あのとき口にした「好いた相手」が誰なのか、千寿は察していたのではないか……。そう藤吉は悟って、しばらくの間身動きができなかった。

八

藤吉が香坂屋敷へ戻ると、左次郎が藤吉の帰りを待っていた。左次郎の顔を見るまで、御宝蔵の一件は頭から飛んでいた。

「動きがありましたぜ」

と聞いて我に返った。常造が、根岸にある初雁屋の別邸に入ったことを知ったのである。

今朝も宝物庫からは、修繕のための長持ちが運び出された。一行の先頭にいたのは、下島だった。藤吉はその様子を、中雀門の近くで目にしている。

長持ちを宝物庫から持ち出すにあたって中を改めたのは下島で、立ち合ったのは布施だった。これは宝蔵番の者から藤吉が聞いた。他の者は外に出されている。中身の改めは複数の者で行う決まりだから、表向き不備はない。しかし布施と下島だけというのは、いかにも怪しい。

「あの折、あやつは何かを運び出したな」

と察した。仏像の偽物を作らせる、ということがすぐに頭に浮かぶ。常造は名人ではないが、仏像の玄人でなければ、誤魔化《ごまか》せる程度の腕はある。

さっそく永穂屋敷へ出向いた。左次郎には、根岸の別邸を見張らせる。

門番所には、伝吉がいた。まずは左次郎が目にしたことを伝える。

「おれたちで別邸へ押込み、本物と拵えた偽物を掻《か》っ攫《さら》ってしまったらどうだろうか。他の宝物に紛れさせて勝手に持ち出したのならば、何があったって、訴えたり役人を呼んだりすることはできねえからな」

話を聞いた伝吉は、思い切ったことを口にした。

布施と下島が企んで、密かに宝物を蔵から持ち出す。偽物を拵え、それを他の品と共に御宝蔵へ戻し、奪った本物を金に換える魂胆だ。ならば、こちらが両方を奪い取ってしまえば確たる証拠になる。

向こうは慌てることは間違いない。宝物改めの折に、現物がないことになる。もちろんこれには、初雁屋も関わっている。

「ただ腕利きの用心棒を、揃《そろ》えているだろうな」

これは間違いない。押込むならば、それを踏まえた上でやらなくてはならないと藤吉は口にしたのである。

ともあれ、忠左衛門に伝えた。どうするかを決めるのは、それからだ。

奥の間には、忠太郎も同席していた。状況を、注視していたのである。伝吉には、廊下で控えさせた。ここでは、分かっていることのすべてを伝えた。

「ううむ」

初雁屋も含めた布施らの悪巧みは濃厚だ。伝吉の提案も、一つの手立てといっていい。しかし別邸に押込むことについて、忠左衛門は難色を示した。

「万一、違っていたら、とんでもないことになるぞ」

忠左衛門は切腹、永穂家は御家断絶になる。まずはこれが頭にあるらしい。忠左衛門は慎重、悪く言えば小心なところがある。

ならば他にどういう手立てがあるか、という話になる。しかし他に、効果的な思案は浮かばない。しばしの沈黙があったところで、忠太郎が声を出した。

「仕上がった偽物と本物が揃っていなくては、不正は暴けませぬ。押入るしか、ありますまい」

思い切った物言いに、藤吉は魂消《たまげ》た。その口ぶりに、力強ささえ感じた。考えてみれば忠太郎も、出会ったばかりの頃とは違う。成長をしていた。体も一回り以上大きくなっている。不正を憎む気持ちも、育っているらしかった。

「しかたがあるまい」

忠左衛門も、忠太郎の発言に驚いたらしかった。しかし否定はせず、しばし考えてから提案を受け入れた。

そうなれば、いつ決行するかになる。闇雲にとはいかない。

「常造は、本物を手本にして作ります。当然傍《そば》に置くでしょう。ただ偽物は、ある程度出来上がっている方が、悪事の様子が明らかになりまする」

「もっともであろう」

藤吉の言葉に、忠左衛門は頷いた。

「偽物が出来上がったところで、初雁屋が本物を引き取ると存じます。それは、持ち出された宝物が修理され、御宝蔵へ戻される当日か前日と思われます」

日にちにゆとりがあるわけではない。どんなに遅くても、十五日のお改めの前日までとなる。少しでも精密な品を作ろうとすれば、ぎりぎりまで手をかけるはずだ。

「修理をされた品が、御宝蔵へ戻されるのは何日でございましょうか。お調べいただきたく存じます」

しかし戻される日にちや刻限は明らかにされない。警備の立場からすれば、当然だろう。

「分かった。わしがその日を探ろう」

忠左衛門は応じた。

押込みの段取りは、日にちが明らかになったところで打ち合わせる。

藤吉は、忠左衛門の部屋を辞去した。門まで、忠太郎と伝吉が見送りに出た。

「妹のことは、どうなったね」

伝吉に問われたが、進展はしていない。千寿に伝えたことと同じ決意を、藤吉は話した。


翌日、伝吉は、根岸の別邸へ行って周辺の聞き込みをした。すると昨日の夕刻に下島とおぼしい主持ちの侍が小箱らしい品を持って別邸に入る姿を見たという者が現れた。

「持ち出した品を、常造に渡したな」

と、判断したのである。すぐに香坂屋敷へ走った。

夕番だった藤吉は屋敷にいた。登城には間があるので、二人で仏師惣兵衛の住まいへ行った。ここには、長持ちで運ばれた修繕すべき仏像や仏具が置かれている。

宝蔵番の者たちが警固を行っていた。

「ここへ運び入れるにあたって、長持ちの改めをしたのは誰か」

と藤吉は問いかけた。

「下島殿と、布施様がまいられました」

「なるほど」

そこで持ち出したのだと察した。小箱一つ程度なら、目立つこともない。

その頃忠左衛門は、城中で布施に話しかけていた。

かつては昵懇だったが、今はそうではない。一事が万事派手好きで、移り気。家禄は七百石で、四百俵高の富士見御宝蔵番頭の役に不満を持っている。忠左衛門も家禄八百石でありながら、四百俵高の御鉄砲箪笥奉行を務めていた。

家格以下のお役目だから、どちらも不満を抱えている。ただ忠左衛門は、ならば縁戚を動かしたり役目に励んだりして、状況を変えたいと考える。しかし布施はそういう発想をしない。その場その場で、都合のいいようにやればよしとする。

気持ちは少しずつずれていった。付き合いも薄れた。ただ幼少の頃から馴染んだ者でもあるから、どうでもいい者とは考えていなかった。

宝物を扱う役に就きながら、他に実入りもないのに暮らしが派手になった。杞憂《きゆう》で終わることを願って藤吉に調べさせたが、案じた通りの様相が浮かび上がってきてしまった。

布施は、説得されて動く者ではない。それは昔から変わらず、やろうと腹を決めれば事を進める。ここまでくれば、忠太郎の言葉を入れるしかないという判断をしたのだ。

「どうだ、この時期は忙しいのであろう」

かつては「おれ」「おまえ」で過ごした。二人だけならば、敬語は使わない。

「まあ、そうだ」

声掛けをされて、露骨に嫌がる気配は見せない。とはいっても、歓迎をしている返答ではなかった。

「修理を要する品は、すべて運び出したのであろう」

「無論だ。間に合わぬからな」

「では、御宝蔵に戻すのはいつだ」

これは公にはされないが、御留守居ならば知っている。他にもいるはずだから、口にしなければ他を当たるつもりだった。

布施は少しばかり躊躇う仕草を見せたが、口を開いた。忠左衛門が怪しんでいることには、気づいていないらしかった。

「十三日だ」

目が微かに泳いだ。後ろめたいときに見せる仕草だ。脛《すね》に傷を持っているからに他なるまい。

布施とは、それ以上は何も言わず別れた。そしてしばらく間を空けてから、宝蔵番小屋へ行った。顔見知りの番士に、下島の登城日を尋ねた。

「十二日が非番で、十三日に登城なされます」

この日も藤吉は、忠左衛門が下城するあたりを見越して永穂屋敷へ行った。

「ということは、運び入れる前日の十二日には偽物が仕上がっていそうですね」

話を聞いた藤吉は言った。

「非番の十二日に受け取り、正規の品と交ぜる。そして十三日の登城の折に、下島は城内に運び込むのであろう」

この改めのときには、やはり布施と下島が組むのだと予想がつく。

「ならば押込みは、十二日の未明でいかがでしょうか」

「うむ。それでよかろう」

忠太郎も、加わることを望んだ。

「初雁屋の別邸には、手練《てだ》れの用心棒が三人と、破落戸《ごろつき》がついていますぜ」

昼間様子を見に行った伝吉が、調べてきていた。そうなると、永穂家の者だけでは少し心もとない。そこで南町奉行所の平田にも声をかけることにした。

「それは押込みではなく、悪人を捕えるという話ですな」

詳細を聞いた平田はそう言った。

「いかにも」

「初雁屋を捕える好機ですから、ご助力いたしましょう」

平田が加われば、力強い。話はまとまった。

九

十二日の未明、藤吉と平田、それに忠太郎の三人は、根岸の初雁屋の別邸に向かった。先頭の藤吉が、提灯《ちょうちん》を手にしている。

北からの風は冷たく、足を踏み出すたびに道の霜が音を立てた。

別邸が見える横道に掘っ建て小屋があって、そこを借りていた。常造が入ってこの方、伝吉や左次郎などの永穂家の中間や若党が四人、交代で見張りをしている。さらにこれに平田の手先二人が加わっていた。

「下島は顔を見せなかった。常造が外出することもありませんでしたぜ」

三人が小屋へ入ると、伝吉が報告をした。

伝吉は、別邸の下男に近づいて酒を飲ませ、常造が仕事をしている場所を聞き出してもいた。

「どういう仏像かは知らねえが、それらしいものを作っている」

と下男は話したそうな。

「よし。明るくなる前に、取り上げてしまおう」

藤吉が告げると、一同は頷いた。藤吉は、千寿から貰った襷《たすき》をかけている。ここぞというときには、いつもかけてきた。守られている気がするからだ。

手には重藤《しげとう》の弓、腰には矢をつけている。永穂家の若党は刀を、伝吉らは刺股《さすまた》と突く棒を手にしていた。

建物の裏手に、木戸門がある。小柄な若党が塀を越えて内側に入り込んだ。わずかに音を立てたが、建物内に変化はなかった。

内側から、閂《かんぬき》が外された。軋《きし》み音を立てて、戸が開かれた。

一同は雪崩《なだ》れ込むように、敷地の中に駆け込んだ。誰もためらってはいない。建物の表と裏から、常造の部屋へ回り込んだのである。

途中で気づかれて、仏像を持ったまま逃げられては身も蓋もない。この頃になって、ようやく東の空に、曙光が兆し始めた。

平田と忠太郎、藤吉らが、常造の部屋の前に立った。左次郎が、閉められていた戸の一枚を外した。慎重にやったはずだが、手から外れて音を立てた。思いがけない大きな音になった。

「な、何だ」

建物の中から、声が上がっている。腰の刀を抜いた忠太郎が、真っ先に廊下に飛び込んだ。気合いが入っている。これに平田が続いた。

左次郎が、他の戸板も蹴って庭に落とした。

「出あえっ。押込みだ」

声が上がった。用心棒か破落戸かの、濁声《だみごえ》だった。慌てているのは間違いない。

「この野郎っ」

刀を抜いた寝間着姿の侍が、平田に襲いかかった。室内だから大ぶりにはしていない。つつっと切っ先が前に伸びた。無駄のない動きで、なかなかの使い手に見えた。

平田は体を横にして、この一撃をかわす。受ける刀も大ぶりにはできない。がちりと弾いたところで、角度を変えて相手の小手に切っ先を突き出した。

侍は柱を使って身をかわし、これを避けた。

柱に刀身を喰い込ませるわけにはいかない。平田は刀身の勢いを止めた。向きを変えて、切っ先を敵に向ける。

忠太郎にも、駆けつけた他の侍が、抜身の切っ先を突き出している。横からの突きで、藤吉は息を呑んだ。しかし振り向いた忠太郎の動きは迅速だった。

横に払いながら、前に踏み込んでいる。そのまま刀身を、相手の喉元目がけて突き出した。

「たあっ」

裂帛《れっぱく》の気合いを上げた。

しかし相手も、怯《ひる》んでいない。その突きを払い落として、忠太郎の肘を狙ってきた。攻めを、待っていたかのような動きだった。

「ああっ」

藤吉は声を上げた。弓を射ようとしたが間に合わない。

だがここで、横から突く棒がその侍の腕に向けて飛び出した。二の腕を殴打する勢いだ。侍は伸ばしかけた腕を引いて、これを避けるしかなかった。

突く棒を手にしているのは、伝吉だ。忠太郎を守ろうとしている動きだった。

安堵《あんど》した藤吉は、周囲に目を向ける。永穂家の若党と浪人者、破落戸と左次郎らが争っていた。部屋の奥に目をやると、常造が木箱を二つ持って、逃げる手立てを図っている。

木箱は、二合の酒徳利《さかどつくり》が入る程度の大きさだ。本物と偽物の仏像が入っているものと思われた。

藤吉は、常造に近寄ろうとする。その木箱を奪い取らなくてはならない。

「くたばれ」

だがそこへ、棍棒《こんぼう》を手にした破落戸が襲いかかってきた。

藤吉は身をかわしてこれを避けた。体を横に飛ばしながら、弓を横に払った。先端が、音を立てて破落戸の二の腕に当たった。

「ひっ」

肉を打つ鈍い音と共に、破落戸は悲鳴を上げた。手にあった棍棒が、宙を舞っている。

藤吉は、それが落ちるのを見ていない。目を向けたのは、部屋の奥である。

「いない」

今しがたまであった常造の姿が消えていた。

部屋では乱闘が続いている。庭に出て争っている者たちもあった。庭は明るみを帯びてきている。藤吉はあたりに目をやったが、常造が見当たらない。目を離したのは、わずかな間だけである。

「お、おのれっ」

焦りが全身を駆け巡る。

庭には出ず、廊下から裏手に出たのだと察した。争いを置いて、藤吉は建物の裏側に回った。逃げる者の身にしてみれば、目につく表門へ走るとは思われない。

そこで建物の裏側へ回った。

同じ敷地内でも、ここには人気はない。裏木戸に目をやると、閉めたつもりだった戸が開いたままになっている。

藤吉は駆け寄って、外の通りに出た。すると道の向こうを逃げて行く常造の姿が見えた。裸足《はだし》のままで、寝間着の裾が大きく乱れている。

「待てっ」

藤吉は叫ぶ。そのまま追いかけた。

常造は振り向きもしない。二つの木箱を両手に抱えている。それでも、俊足だった。距離はまったく縮まらない。

追いかけるのをやめた藤吉は、立ち止った。手にあった弓に、矢をつがえたのである。その間にも、常造は走り去って行く。

「やっ」

藤吉は射た。羽を鳴らして、矢が飛んでゆく。しかし鏃《やじり》は微妙なところで、脹脛《ふくらはぎ》を外れた。地べたに突き刺さったのである。

「くそっ」

藤吉は、落ち着いて射たつもりだった。しかし焦りがあったのかもしれない。

常造は、この間にも走り去って行く。

二の矢をつがえた。きりきりと弦を引く。離れてゆくことを想定して、位置を定めた。

「なむさん」

弦から指を離した。再び矢が飛んでゆく。しかし外した前よりも、距離は遠くなっている。

「おおっ」

矢は逃げる男の太腿《ふともも》に突き刺さった。

「わあっ」

勢いづいていた常造の体が、前のめりに転がった。抱えていた木箱を、地べたに落としている。

常造は起き上がろうとして、足を踏ん張る。しかし痛みが走るらしく、立ち上がれない。

藤吉はそこへ走り寄った。

腕をとって背中に捩《ね》じり上げる。常造は歯向かうこともできなかった。藤吉は、後ろに回した両腕を、下げ緒で縛り上げた。

その上で、地べたに落とされた二つの木箱を拾い上げた。

恐る恐る、蓋を開けた。中から絹布に包まれた、仏像が出てきた。折から顔を出した朝日が、これを照らした。

黄金の観音座像である。落としたからか、光背の一部が欠けている。

もう一つの箱の蓋も開けてみた。同じ絹布でくるまれている。それを外した。

「おお」

瓜二つの、観音座像が現れた。どちらも新品には見えない。歳月をかけたくすみが、像全体を覆っている。

そこまで似せて拵えられたのだとしたら、見事というしかない。

二つの仏像を並べてみた。

「どちらが本物か」

藤吉には、見当もつかなかった。

そこへ複数の足音が近づいてきた。駆けてきたのは、忠太郎と平田、それに伝吉だった。

「用心棒らを、取り押さえたぞ」

忠太郎が言った。

「これが、二つの仏像だ」

藤吉は、三人に見せた。

「こ、これは如意輪観音像だな」

平田が言った。ここまでは分かるらしい。片方の光背には、欠損はなかった。唐草文様を透かし彫りにした周縁部に、金泥で梵字《ぼんじ》を書いた円相が配置されている。

「で、でもよ。まったく同じにしか見えねえぞ」

伝吉が頓狂《とんきょう》な声を上げた。誰もが、どちらが偽造品か特定できなかった。

ともあれ、捕えた者たちを永穂屋敷へ運んだ。


「確かにどちらが偽造の品か、見当もつかぬな」

二つの如意輪観音像を目にして、忠左衛門はため息をついた。

この日は、忠左衛門も非番の日と振り替えて、屋敷で待機をしていた。藤吉は、まずは二つの仏像を見せたのである。

その上で、捕えた者たちを締め上げげた。用心棒の浪人や破落戸は、金で雇われた者たちである。初雁屋四郎兵衛から仏像を守れと指図されていたことを、すぐに認めた。

これらの証言があって、常造も白を切り通すことはできなかった。

黄金の如意輪観音像と同じ形態の仏像を拵え、金鍍金したことを白状した。

「どちらが偽物か」

と問い質《ただ》すと、光背が欠けていない方を指差した。脇差の先で一部分を削ると、金でない地肌が現れた。

それで居合わせた者たちも、本物と偽物の違いが分かった。

「ならばこれで、初雁屋の悪事も明らかになりましたな」

平田は、四郎兵衛を捕えるべく永穂屋敷を出て行った。

その日の夕刻、忠左衛門と藤吉は身なりを整えて、市ヶ谷《いちがや》にある御留守居漆原修茂の屋敷を訪ねた。二つの木箱を、持参した上でだ。

藤吉はここで、詳細を伝えた。

「なるほど。これは目にしただけでは、真贋《しんがん》の区別はつかぬな」

二体の仏像を目にして、漆原は驚きの声を漏らした。


翌日、登城した漆原は布施を呼び出した。

布施は登城をしていたが、誰の目にもおどおどした物腰に見えた。下島も、明らかに常とは違う様子だったらしい。

初雁屋四郎兵衛は、昨日の内に南町奉行所の捕り方によって捕えられた。根岸の別邸で変事があったことも分かっている。常造はもちろん、用心棒や破落戸たちが姿を消した。仏像は戻ってこない。

ただ屋敷に、幕府から追手がかかったわけではなかった。そこで恐る恐る登城をしたのである。

「修理のために持ち出した、宝物を記した帳面を持ってまいれ」

漆原は布施に命じた。

「ははっ」

とは口にしたが、布施の顔は蠟人形のように白かったそうな。足を震わせながら番所に戻り、帳面を差し出した。

帳面には、黄金の如意輪観音像は持ち出された品として記載されていない。

「これを持ってまいれ」

と告げられて、布施は身動きができなかった。

「下島めが、勝手に持ち出したものと思われまする」

ここで布施は、下島のせいにした。監督責任は逃れられないが、悪巧みには関わりがないと告げたのである。

下島にお縄がかけられた。宝物の運び出しの実務を行ったのは間違いがないから、言い訳はできない。しかし、一存でなしたのではないと明言した。持ち出しの改めでは、布施も一緒だった。

「そもそも話を持ち出したのは、初雁屋と手を組んだ布施様の方からでございました」

そう下島は付け足している。

このとき、初雁屋四郎兵衛を捕えた平田も、取り調べを行っていた。別邸で将軍家宝物の偽物が作られていたのは間違いがない。犯行を認めていた。布施と手を組んだことも自白している。

その話が伝えられると、布施はもう言い逃れができなかった。宝物を持ち出し、金に換えていたことを、白状したのである。

布施と下島の身柄は、小伝馬町《こでんまちよう》の牢屋敷へ移された。余罪がないか、厳しい牢問いが行われた。

昨年、一昨年の宝物改めの折に、仏像だけでなく、刀剣と茶器が持ち出されていた。布施も下島も、生きてはいられない。御家も断絶になるのは明らかだった。

十

その数日後、泊番を終えた藤吉が下馬札のところへ行くと、平田と伝吉が立っていた。下城を待っていたらしい。

「どうなされたのか」

問いかけると、伝吉がにまりと笑った。

「和田屋の店舗を担保にして、伊兵衛が金を借りている本郷の宍倉屋ですがね。ちょいと平田様に手伝ってもらって、調べたんですよ」

「いったい、何をか」

妹うらに関わる話だ。平田には何も話していない。常造を見張る中で知り合った二人は、うらに関する話をしたらしかった。

「とんでもないことがね、分かったんですよ」

ここで平田が、伝吉に代わって口を開いた。

「伊兵衛の言う通り、和田屋は宍倉屋から金を借りてはいるが、その金高は、店舗を売却して得られるとおぼしい金額とは差異があると分かりました」

「どういうことですか」

藤吉には、それだけでは意味が分からない。

「店舗の売値がいくらになるかは、どのような買い手が現れるかにもよりまするが、近隣の相場と比べて考えれば、どう見ても五十両あまりが手元に残るはずなのですよ」

「何と」

腹の奥が、じんと熱くなった。

「その金があれば、うらを囲い者にしようとしている澤瀉屋里右衛門に、金を返せるわけですね」

「いかにも」

平田は頷いた。

これは仰天だ。伊兵衛夫婦は、藤吉をも騙していたことになる。

「和田屋を手放せば、済む話でござるよ。うら殿を巻き込む話ではない。和田屋の苦境は、縁のない他の者を犠牲にするべきではなく、家の中で始末をつけるべきではござらぬか」

「さようか」

藤吉は、慌てて頷いた。

「伊兵衛が、うら殿を養女として記された人別帳から名を外せば、それで事は解決する話です」

「そういうことだ。伊兵衛の野郎は、うらさんを澤瀉屋へやって、五十両をてめえのものにしようと企んでいやがるんだ」

平田の言葉に、伝吉が続けた。

二人が言いたいことは分かった。しかし藤吉にしてみれば、すぐには喜べない。

「伊兵衛がうらの名を、人別帳から外すでしょうか」

離縁を拒否されたならば、何であれうらは澤瀉屋へ行かなくてはならない。親切ごかしで江戸へ呼んだ。手に入れた獲物は、放さないだろう。

「そりゃあそうだ。あいつらに、ただお願いしますと言ったって、聞くようなやつらじゃねえ。聞かざるをえねえように、仕組まなくちゃあならねえさ」

伝吉は、ふてぶてしい笑みを口元に浮かべた。

「そんな手立てが、あるのですか」

「おれは、おめえから妹の話を聞いた後で、伊兵衛の倅玉之助ってえ野郎を調べてみたんだ」

北紺屋町の近江屋で、手代をしている。仕事はそれなりにするようだが、酒好きで、遊び人ふうの者とも付き合いがあるという話は聞いていた。

「あの玉之助ってえ野郎、賭場へ出入りしていることが分かった」

京橋界隈にある賭場ではない。霊岸島《れいがんじま》の地廻りがやっているところだという。伝吉はその博奕仲間を捜し出したのである。

「奉公先の近江屋の主人は博奕嫌いで、もし嵌《はま》っていたら店を出される」

「確かに、その話は聞いたぞ」

「そこでだ、これをネタにして伊兵衛と掛け合おうというわけだ」

伊兵衛は、うらを囲い者にしてでも、和田屋の店舗を守ろうとしている。それは実子の玉之助に店を渡したいからだ。

平田がこの場にいるのは、そのやり取りに助力しようということらしい。

やり方は荒っぽいが、伝吉の気持ちは嬉《うれ》しい。平田の力添えはありがたかった。

年の瀬も押し詰まっている。藤吉にしても、焦りがあったのは確かだ。

「では、これから」

三人は、浅草福井町へ向かった。道端には、正月用の品を商う露店が出ている。道行く人の足取りは、忙《せわ》しない。

年の瀬とはいっても、和田屋はひっそりとしている。暖簾を分けて、三人は敷居を跨《また》いだ。

店には、伊兵衛ととえがいた。夫婦は藤吉らに目を向けて、顔を強張らせた。しかしそれは、怯んだのとは違う。

「うらさんのことで、話をしに来た」

と告げたのは伝吉だ。頭は下げず、睨《にら》みつけるような眼差しを向けている。

「何でございましょう」

伊兵衛は、藤吉や平田にも目を向けた。上がれとも、腰を下ろせとも言わなかった。

「うらさんを、あんたの養女から外してもらう。その離縁状を貰いに来たのさ」

「な、何を。可愛《かわい》い娘ですよ。手放すわけがない」

顔の強張りは消えない。しかし腹を決めて伊兵衛は口にしていた。

「そうかい、可愛い娘ねえ。そういやあ、おめえには、可愛い倅もいたな。近江屋で手代をしている玉之助だ」

伊兵衛は、意表を突かれた顔をしたが、それはごくわずかな間だけだった。したたかな老人だ。

伝吉は言葉を続けた。

「その可愛い玉之助は、てめえの実家の苦境をよそに酒を飲み、博奕に嵌っているっていう話じゃねえか。親の心子知らずとは、よく言ったものだぜ」

博奕、というところに力を入れている。

「それが何か」

と応じたのは、伊兵衛の虚勢だ。目に、涙の膜ができた。近江屋の主人が博奕嫌いであることを、知っているらしかった。

「博奕は、ご法度だ、おれは、正直者でね。間違ったことはでえ嫌いだ。そこで玉之助が賭場に出入りしているってえ話を、近江屋の旦那にお伝えしなくちゃあならねえと思っている」

そう言ってから、伝吉は横にいる平田の腰に目をやった。そこには十手《じって》が差し込まれている。

伊兵衛は、目をぱちくりとさせた。

「身から出た錆とはいえ、玉之助は近江屋を辞めさせられる。奉公先をしくじったってえことだからな、この店が残っても、まともな商人としては生きられなくなる。不憫《ふびん》な話じゃあねえか。可哀《かわい》そうによう」

わざとらしく、洟《はな》を啜《すす》ってみせた。

「お、脅そうというわけですか」

伊兵衛の声が掠《かす》れている。

「とんでもねえ。おれは田舎娘を騙して江戸へ連れてきて、売り飛ばすような阿漕《あこぎ》なまねはしねえぜ」

伝吉の声には凄味《すごみ》がある。伊兵衛は背筋をぴくりとさせた。

しかしここで、伝吉は口調を変えた。「伊兵衛さんよ」と、棘《とげ》のない言い方で呼びかけた。

「脅すんじゃねえさ。おれはあんたに、またとない機会をやるつもりで来たんだ。

うらさんへの離縁状を書いてくれたらば、近江屋の旦那には、この件は一切伝えねえ。あんたはこの折に、親として玉之助さんを説教して、改心させちゃあどうかね」

伊兵衛は、それでも表情を変えない。いかにも頑《かたく》なだ。

ここで、それまで黙っていた平田が口を開いた。

「玉之助には、甘いところがある。しかしこれを機に、それを諭《さと》さねばなるまい。和田屋の店舗は失っても、玉之助が性根を入れ替えれば、近江屋で商人として生きていくことができるぞ」

「…………」

伊兵衛は平田を見返した。何かを言おうとしたが、声にならない。平田は続けた。

「このままでは、すべてを失うぞ」

最後の一言が、効いたのかもしれない。伊兵衛は、がくりと肩を落とした。

「わ、分かりました。離縁状を書きましょう」

帳場へ行って、伊兵衛は筆を執った。さらさらと筆を走らせた。

「どうぞ」

藤吉に紙を差し出した。うらとの縁を切ることと、日付、署名がなされてあった。

「あんちゃん」

うらが姿を見せた。物陰で、やり取りを見ていたのだろう。

「香坂屋敷へ行くぞ」

と告げると、うらは藤吉のもとに近づいてきて、その胸に顔を押しつけた。

嬉しいときにしか泣かないうらが、嗚咽《おえつ》を漏らしたのである。

十一

次の非番の日、藤吉はうらを引き取ったことを千寿に伝えるべく、本所の小笠原屋敷へ行った。嬉しいことを伝えるのだから、気持ちが弾む。

「そうか、よかったですね」

すべてを聞き終えた千寿は、安堵と喜びを顔に浮かべて言った。

「お陰様でございます」

「いいえ、伝吉らの機転でしょう」

先日、交わしたやり取りには、一切触れなかった。藤吉も口にはしない。平内とたゑが、大喜びでうらを迎え入れたことも伝えた。

「生まれ変わった楓が、戻ってきたようだと、言ってくれました」

「それは何より」

話をしているところへ、足音が聞こえた。部屋へ千寿の父将監《しょうげん》が現れたのである。藤吉が来ていると知って、姿を見せたのだ。

「これはこれは」

藤吉は両手をついて、頭を下げた。

「その方に、伝えたい話があってな」

将監は機嫌がよかった。藤吉は、次の言葉を待った。

「先の将軍の増上寺参拝の折の働き、また富士見御宝蔵の不正を糺すなど、その働きぶりが顕著だと、大殿様は仰られた。いたく満足なされたようだ」

将監は家斉公から、直《じか》に告げられたという。

「ま、まことに」

藤吉は、紅葉山でお言葉をいただいたときのことを思い出した。

「そこでだ、此度《こたび》のことで布施は失脚した。今は宝蔵番頭の席が空いておる。その方を抜擢するご意向だと聞いたぞ」

「ま、まさか」

仰天だった。富士見御宝蔵番頭は四百俵の役高である。

「さらなるご出世ですね」

千寿が言った。

そしていよいよ十二月も終わりに近づいた四日後、正式な通達があった。香坂藤吉は年明けから、富士見御宝蔵番頭の役に就くことになったのである。

第三話　徒士衆

一

「では、行ってまいりまする」

香坂藤吉《こうさかとうきち》は、玄関式台にいる舅《しゅうと》平内《へいない》と姑《しゅうとめ》たゑに登城の挨拶をした。供は前からの老中間《ちゅうげん》だけでなく、新たに召し抱えた若党が玄関脇で控えている。

ひひんと鳴き声を上げた馬が、口取りをする中間に引かれて玄関先に立つ。風に舞った桜の花びらが一ひら、二ひら、馬の鬣《たてがみ》に落ちた。

藤吉はこれに跨《また》がって、登城をする。年の初めから、四百俵高の富士見《ふじみ》御宝蔵番頭《ごほうぞうばんがしら》として役務に就いていた。すでに二月《ふたつき》以上が過ぎて、三月の上旬となっている。

番頭として、馬は必須だ。自分が騎馬で登城をするなど、まるで夢のようだった。日々の世話も自分でしたいところだが、中間に任せている。それでもついつい口出しをした。

生まれ在所の長船村《おさふねむら》の名主の家で、藤吉は下男として長く馬の世話をしてきた。江戸へ出て、永穂《ながほ》屋敷や小出《こいで》屋敷で奉公をしたときも、馬の世話をして過ごしたのである。

今回は自分の馬だと思うから、慈しむ気持ちはことさら大きい。

もちろん弓術の稽古も怠らない。

「近頃、格段に腕を上げたのではないか」

師の星野《ほしの》に褒められた。心身の充実が、上達を確かなものにしているようだ。まんざらでもない気持ちだ。

香坂家の屋敷は浜町河岸《はまちょうがし》にあったが、神田明神《かんだみょうじん》下へ移った。敷地はほぼ倍の広さになって、建物の裏手には厩舎《きゅうしゃ》があった。非番の日には、藤吉も中間と一緒に掃除をした。これには、共に暮らすようになったうらも加わる。

うらは馬糞《ばふん》を汚がらない。馬はすぐに、藤吉とうらに懐いた。瞬く間に、二月余りが過ぎた。

平内とたゑの横には、うらも見送りに出ている。

「あんちゃん、いってらっしゃい」

うらはそう声をかけてから、はっとした顔で口を手で塞ぐ。すかさずたゑが、注意の声を出す。

「あんちゃん、ではありませぬ。兄上です」

ぴしゃりと言われて、首を竦《すく》める。

うらは香坂家の養女としての届出を済ませ、平内やたゑから武家娘としての態度や物言い、作法や学問などを学んでいる。老夫婦は、亡くなった一人娘楓《かえで》の生まれ変わりとして可愛《かわい》がった。

身に付けている着物は、楓のために誂《あつら》えられたものだ。

「あたい、こんなにいい着物を着たことなんて、一度もない」

「あたいではありません。私です」

と厳しくやられる。それでもうらは、嬉《うれ》しそうだ。

「そなたは、当家の娘としてしかるべき御家に嫁がねばならぬ。そのためには学び、身に付けねばならないことが山ほどあります」

「はい」

うらも武家の娘として生きてゆくつもりだから、精いっぱい過ごしている。しかし場合によっては、厠《かわや》の掃除も始めてしまう。四百俵格の旗本家の娘は、そういうことまではしない。

やらなくてはならないこと気遣うべきこと、奉公人に任せるべき仕事の区別も、たゑは教える。指導は厳しいが、うらは素直だ。

少しずつ、明るさが出てきた。藤吉と二人だけのときは、つい「あんちゃん」と呼んでしまう。すぐには直らない。

家格が二百五十俵から四百俵になったので、他にも新規の召し抱えをした。小笠原《おがさわら》家用人の三男坊雨谷治三郎《あまがいじさぶろう》である。まだ十七歳で中小姓《ちゅうごしょう》の身分だが、いずれは香坂家の用人として働いてもらう。

馬に跨った藤吉は、片番所付の長屋門から外へ出た。春の日差しが、通りを照らしている。道端にある八分咲の桜が、眩《まぶ》しく見えた。

富士見御宝蔵番頭の役に就いて、初めにやったのは宝蔵品の改めである。宝蔵番は、番人をするだけが役目ではない。宝蔵品の修繕や管理も行う。

布施《ふせ》と下島《しもじま》が行った不正の品を残さないのが目的だ。自白があった品だけでなく、他にも欠損品や偽造品がないか確かめた。

　宝物は、将軍家が朝廷に献上したり、家臣に与えたりする場合が少なからずある。また新たに献上を受けることも珍しくない。帳面に記載し、どこに置くかを決めた。出せとの下命があれば、すぐにでも運び出さなくてはならない。

「あれはどこにある」

　と、捜し回るわけにはいかなかった。

　日々の宝蔵番がしなくてはならない役目については、過去の日誌を参考にする。配下の者たちは、表向きは下手に出るが、好意的な者だけでないのは感じていた。

　番士たちは、藤吉が去年の秋まで、小出家の家臣だったことを知っている。手柄を立てての昇進だと認める者もいるが、「うまくやりおって」と嫉《ねた》む者も少なくない。

　ただ上役を、聞こえよがしに「百姓侍」と罵るわけにはいかないから、言葉を呑《の》み込んでいる。そういう者は、動きを見ていればすぐに分かった。口先ばかりで、はしはしと動かない。

　見ていないところでは、平気で手を抜く。

己がする仕事では、藤吉は精いっぱいのことをしてきた。しかし人の上に立つと、これまでのようにはいかない。一人でできることには限界があるから、配下を使わなくてはならない。

そこに新たな難しさがあった。

本所《ほんじょ》の外れに、空き屋敷がある。大名家が使っていたもので、三千五百坪ほどの広さがあった。ここで徒士衆《かちしゅう》による御鷹尋《おたかたずね》の訓練が行われることになった。

これは吉宗《よしむね》公の御代に始まったものだと、藤吉は聞いている。謀反人を匿《かくま》っていると思われる屋敷に、鷹が入ったとの口実で踏み込み捕えるものだ。徒士衆の各組が、役割を得て迅速な動きを競った。

検分を行うのが、御徒士頭の加藤元真《かとうもとまさ》だ。

元真は小笠原将監《しょうげん》の実弟で、家禄千石の加藤家へ婿に入った。御徒士頭を務めている。各組を束ねる役目だ。

藤吉が星野道場で稽古をしていたとき、将監と千寿《ちず》が師を訪ねてきていた。そのとき元真も一緒で、藤吉は紹介をされた。以来城内で顔を合わせると、挨拶をする間柄になった。

御宝物の不正を糺《ただ》したときには、「でかしたではないか」と声掛けをされた。将監よりも、気さくな人物だ。

この御鷹尋のある日、藤吉は非番だった。そこで見物をさせてもらえないかと頼んだのである。宝蔵番も番方である。組頭の指図の様子や徒士衆の動きなどを、実際に見てみたかった。

「よかろう。見聞を広げるがよい」

藤吉の願いを、元真は気持ちよく受け入れてくれた。

横川《よこかわ》の東河岸、小梅村《こうめむら》に隣接する屋敷である。周辺には、地べたを剝《む》き出しにした田圃《たんぼ》が広がっている。

ここへたっつけ袴《ばかま》に草鞋《わらじ》履きの、徒士衆の各組が集まった。どの顔にも、緊張がある。城の警固や将軍の供とは質の違う、徒士衆の役割が求められる場だからだ。

これには、藤吉の他にも見物の旗本がいくたりか姿を現していた。邪魔にならぬように、離れたところから動きを見る。

表門や裏門、逃走も見越して周辺の道々に徒士衆が配置をされる。

「かかれっ」

という組頭の声で、全体がそれぞれの動きをする。梯子《はしご》をかけて、塀を乗り越える組もあった。どれも機敏な動きをしている。毎年恒例になっている訓練だと聞いた。

近寄らなければ、どこから見てもいいと言われていたので、藤吉は表門や裏門だけでなく、隣接する百姓家のあたりにも行った。

「わあっ」

と喚声が上がっている。

これは謀反人を追いつめたという合図になるはずだった。このとき藤吉は、思いがけない徒士衆の姿を見かけた。

「はて」

四人の徒士衆が、百姓家の納屋の陰で立ち話をしている。へらへらと笑っている者もいた。隊列から離れ、人目につかないところで手を抜いているのである。

藤吉がこれに近づこうとすると、向こうが気づいた。慌てた様子で、逃げ出していった。

「どこにでも、あのような者がいるのだな」

おおむねの者が、真剣に訓練に加わっている。残念ではあるが、藤吉にしてみればどうすることもできなかった。四人の顔は覚えたが、どこの組の誰なのかまでは分からない。

訓練が終わったところで、組頭の井田川太兵衛《いだがわたへえ》と話をした。

「おおむねよしとしたいが、動きの鈍いところもあった」

井田川は、訓練を厳しい言葉で総括した。歳《とし》は四十二歳で、武骨な一面のある侍だ。そこで藤吉は、見かけた手を抜いていた四人について、一応耳打ちをしておいた。井田川の組の者だと思ったからだ。

引き上げようとしたところで、藤吉は元真から年の頃四十半ばとおぼしい一人の大身旗本を紹介された。

「西の丸御書院御番頭を務める板垣甲斐守康信《いたがきかいのかみやすのぶ》殿だ」

「これはこれは」

西の丸詰めなので、藤吉が顔を見るのは初めてだった。丁寧に頭を下げた。御書院御番頭は四千石高のお役目だ。

「そこもとの流鏑馬《やぶさめ》合戦での騎射、見事でござった」

板垣はそう言った。

毎年三月には、先手《さきて》弓組《ゆみぐみ》が集まって、高田《たかだ》の馬場で対抗流鏑馬合戦があった。これは徳川《とくがわ》家の公式行事ではなかったが、先手弓組の各組が対抗で技を競い合う大事な競技だった。

藤吉は小出組の一人として出場し、一番になるにあたって貢献した。板垣は、それに触れたのである。あの場にいて、藤吉の騎射を見ていた。

「畏れ入りましてございます」

一年前の出来事を覚えていてくれたのは、大きな喜びだ。

板垣は、小笠原家や加藤家とは近い縁戚関係にあると知った。将監と元真の父は板垣家の次男で、小笠原家に婿に入ったのである。したがって康信と将監、元真は従兄弟《いとこ》という間柄になる。

しかし板垣とは、長話をしたわけではない。すぐに引き上げて行った。

「康信殿には、嫡子がいるのだが、どうも体調が良くない。案じておいでだ」

そんな中で、御鷹尋の様を御大身として視察に来た。元真は、感謝している様子だった。従兄弟同士ということで、親しい間柄に見えた。

二

御目見《おめみえ》とはいっても、四百俵では御大身とはいえない。しかしそれでも藤吉は旗本家の当主となって、それなりの勝手に使える金と時間ができた。うらを引き取るにあたって世話になった千寿に、何か礼をしたいと考えたのである。

墨堤《ぼくてい》の桜が満開になったという話を、中間がしていた。藤吉は非番で、供をつけず屋敷を出た。しかし混雑する花見に行くつもりはなかった。

日本橋から通町筋《とおりちょうすじ》をぶらぶら歩いて、櫛《くし》、簪《かんざし》や半襟を商う店を見て回った。出せる金子《きんす》には限りがあるから、どれでもというわけにはいかない。

「さて、何を贈れば喜んでいただけるのか」

藤吉には見当もつかなかった。

相手は御大身の姫である。「こんなものを」と思われては意味がない。

もちろん千寿は、気持ちをこめた藤吉の進物を、無下にはしないだろうと考える。しかし贈る以上は、気持ちの底から喜んでもらいたかった。

そして近頃、平内やたゑから穏やかでない言葉を聞くようになった。

「嫁ごをとらねばなるまい」

というものだ。

「いや、まだ楓の喪が明けてはいませんのでな」

藤吉は応じないが、武家は跡取りがなければ家の存続ができない。万一のことを慮《おもんぱか》って、老夫婦は嫁取りを考えているらしかった。

千寿への思いは、断ち切れるものではない。けれども考えてみると、ただ憧れるだけの存在だった。何を貰《もら》って喜ぶのか、まったく見当もつかない姫様なのである。

小笠原屋敷を訪ねれば、二人だけで会うこともできる。けれども永穂屋敷にいたときよりも、今の方がかえって遠いと感じる瞬間があった。

いつの間にか、京橋《きょうばし》をへて芝口橋《しばぐちばし》の袂《たもと》まで歩いてきてしまった。とはいっても、まだ屋敷に戻る気持ちはないので、右折して汐留川《しおどめがわ》の北河岸の道を西へ歩いた。

南大坂町《みなみおおさかちょう》に老舗とおぼしい呉服屋があるのに気がついた。丹波屋《たんば》という看板が、屋根に掛けられている。何か買えるものはないかと、近づいて行く。

だが数歩進んだところで、足が止まった。

「あれは」

見覚えのある顔を見かけたのである。

丹波屋から七、八間ほど離れたところから、店に目をやっている四人の侍がいた。

その中の三人は主持ちの侍で、一人は身なりからして浪人者だった。どれも荒《すさ》んだ気配を醸し出している。

通り過ぎる者は、皆避けて行く。

藤吉は、主持ちとおぼしい三人の侍の顔に見覚えがあった。親しい者ではないが、つい最近目にした顔だった。

「ああ、あれか」

しばらく見つめてから、思い出した。

本所の外れで、数日前に徒士衆による御鷹尋があった。あのとき屋敷の横手でさぼっていた四人の内の三人だったのである。

このような場所で再会するとは思わなかったので驚いた。浪人者の顔は初めて見るが、三人は間違いない。

こちらがじっと見ていたからか、その内の一人と目が合った。すると侍は目を逸らした。他の者を促して、その場から立ち去ったのである。

「香坂様」

ここで声をかけられた。振り返ると、芝《しば》の岡っ引き市次《いちじ》が立っていた。

「あのお侍たちが何者か、ご存じですかい」

藤吉があの四人に気がついて目を瞠《みは》った様子を、見ていたらしい。

「徒士衆だが」

浪人者は知らないとしたうえで、応じた。

「そうですかい。ご直参てえわけですね」

目に驚きがあった。

「あっしは、あの浪人者の方をつけてきたんですよ」

と市次は続けた。

「あの浪人者は、何者か」

一癖も二癖もありそうな者に見えた。身ごなしからして、それなりの腕利きだとうかがえる。

「富所彦四郎《とみどころひこしろう》という浪人者です。もとは直参だったっていう噂《うわさ》がありますが、徒士衆と知り合いだとなると、本当かもしれませんね」

市次は、納得したように頷《うなず》いた。

「なぜつけていたのか、聞かせてもらおう」

縁台を置いて、茶を飲ませる屋台店が出ていたので、そこで話を聞くことにした。饅頭《まんじゅう》も注文している。

「半月ほど前に、芝神明宮近くの道で、足袋屋の主人で作兵衛《さくべえ》ってえ者が襲われる一件がありましてね」

作兵衛は斬殺され、懐にあったはずの四両が財布ごと奪われた。集金の帰りだった。

「暮れ六つ（午後六時頃）過ぎのことでしたが、主人は提灯《ちょうちん》を持っていましてね。襲われたときに、その明かりが、襲った者の顔を照らした。短い間だったそうですが」

その顔を、離れたところから目撃した者がいたのである。

「それが、あの富所だったわけだな」

「へい。露月町《ろうげつちょう》の裏長屋に住まう、用心棒稼業をしている浪人でして。胡散《うさん》臭い野郎です」

苦々しい面持ちで、市次は言った。

富所は一月《ひとつき》前まで、本芝材木町《ほんしばざいもくちょう》の材木屋で用心棒をしていた。事件を目撃した者は、その用心棒と似ていると証言したのである。

とはいっても、間違いないと断定したわけではなかった。

「それで一件のあった夜に、何をしていたか聞いてみました。するとその夜は、ずうっと長屋にいたとかで」

外で見かけた者がいれば、嘘をついたことになる。しかし目撃した者はいなかった。

日が落ちた後のことで、長屋の者は富所が長屋にいたかどうか分からない。明かりは油代がもったいないからつけなかったと言われれば、それ以上の追及はできない。油代を節約するなど、裏長屋では珍しくもない。

今の長屋に住み着いたのは半年前で、その前はあちらこちらを渡り歩いていたらしい。

「決め手に欠けるので、そのままになっています。でも折々は様子を見ていて、今日つけてきたら、あの侍たちと一緒になりました」

「あやつら、丹波屋の様子をうかがっていたようだぞ」

「そうですね。襲おうとでもしたのでしょうか」

しかしこれは、本気で口にしたのではなさそうだ。直参が商家を襲うなど、あり得ない。

「だが何かを、企んでいるのかもしれぬ」

とはうかがえた。

「へい。もう少し、様子を見てみます」

市次はそう言った。そして続けた。

「ご出世をなさったようで」

会ったのは、増上寺《ぞうじょうじ》の行列の一件以来である。

「いや、与力の平田《ひらた》殿やその方には世話になった」

「何よりでございますね」

市次は、栄達を喜んでくれた。

三

桜の花びらが、城内にもちらほら舞っている。翌日藤吉は、中之口御門《なかのくちごもん》の内側で御徒士頭の加藤元真と顔を合わせた。

「先日は、ありがとう存じました」

藤吉は、御鷹尋を見せてもらった礼を述べた。

「うむ。そなたも番方だからな、様々な修練の場を見ておくことは大切であろう」

元真は、立ち止って応じる。傲岸な態度を取らないので、五番方の者たちの評判は悪くない。藤吉にも、初めて会ったときから好意的な態度を見せていた。千寿とは、血の繋《つな》がった叔父と姪の関係にある。

藤吉は、昨日汐留川河岸で徒士衆三名と、評判の良くない浪人者が一緒にいるところを見かけた。それで一応、状況を伝えた。富所という名も出した。

とはいっても、取り立てて気に留めていたわけではない。何かをしでかしたわけではなかった。

「さようか」

元真は、関心を示したようには見えなかった。そのまま行ってしまった。藤吉も、すぐに忘れてしまった。

ところが昼九つ（正午）を過ぎたあたりになって、元真配下の徒士組頭井田川が、富士見御宝蔵番頭の部屋へ顔を出した。藤吉を訪ねてきたのである。

先日の御鷹尋で、初めて口をきいた相手だ。

「汐留川河岸で、三人の徒士衆と富所彦四郎を見たとうかがい申した」

挨拶の後で、まず口にしたのがこれだった。元真から聞いたという。

「いかにも」

藤吉は少し驚いた。元真に富所の苗字《みょうじ》は伝えたが、彦四郎という名は出さなかった。忘れていたからだ。しかし言われてみて、市次が口にしたのを思い出した。

元真はもちろん井田川も、富所という者に覚えがあるのだと推察した。表情からして、快い思いで口にしているのではなさそうだ。

「富所は、何かをしたのでござろうか」

元真には評判が良くない浪人者とは告げたが、具体的な話はしていない。そこで藤吉は、市次から聞いた足袋屋の主人が殺されて四両を奪われた話をした。

断定はできないが、富所の犯行ではないかと芝の岡っ引きは怪しんでいる。そう付け加えた。

「そういう疑いのある者とつるんでいるのは、気になりまする。ゆえに加藤様にお伝えいたした」

あのときの丹波屋へ向けていた目付きは、尋常ではなかった。

「その折の、三人の徒士衆の顔を覚えておいででございましょうや」

「いかにも。御鷹尋で、百姓家の納屋の陰で手を抜いていた四人の内の三人でござった」

これについては、当日井田川に伝えている。ただ名は分からない。

「なるほど」

やはり、という顔で嘆息を漏らした。そしていかにも申し訳ないといった顔になって言ってきた。

「その者らの顔を見ていただき、教えていただけまいか」

今すぐである。井田川の組の徒士衆が、中之口を上がってすぐにある御徒士番所に揃《そろ》っているという。

「分かりました。お安い御用です」

急ぎやらなくてはならない用はなかった。すぐに腰を上げた。

登城した徒士衆は城門の警固などに就くが、そうでない者は御徒士番所に詰めた。交代で、城内の巡回などを行う。

出入りがあるからか、部屋の襖《ふすま》は開かれていた。三十人ほどの者が、昼食を済ませてくつろいでいるといった様子だった。談笑をしている者や、書物に目をやっている者もいる。

藤吉は部屋に入らず、敷居の外から中をうかがった。

「ああ、あの三人でござる」

部屋の隅にいる。三十歳前後の者たちを指差した。汐留川河岸で見たときほど目付きは悪くない。しかし昨日のことだから、記憶は薄れていなかった。

「やはり、そうでしたか」

井田川は、わずかに困惑の色を顔に浮かべて応じた。

一番年嵩《としかさ》なのが、三十三歳の岡下甚左《おかしたじんざ》、そして三十一歳の宗佐又兵衛《そうさまたべえ》、二十九歳の鴨志田参之助《かもしださんのすけ》だと名を伝えてよこした。手を抜いていたもう一人は、他の者たちと談笑をしている。

「富所は三年前まで徒士衆で、あの岡下ら三人とは昵懇《じっこん》の者でござった」

「同じ組というわけですね」

「さよう。富所は剣術の腕はあったが、酒と博奕《ばくち》に嵌《はま》った。もともと家には借財もあって、御家人株を手放さなくてはならぬ破目に陥った」

「なるほど」

取り立てて珍しい話ではない。困窮した御家人が株を売ったという話は、何度も耳にした。

「あの三人も、それぞれ借金を抱えて暮らしが厳しいと聞きまする。特に岡下は、札差だけでなく高利の者からも借りているらしく、株を売らねばならないところに追い詰められているとか」

藤吉のように役を上げなければ、幕臣や藩士などの武家に昇給はない。一度借財に追い詰められると、これを返済するのは極めて難しい。そういうことが、藤吉にも少しずつ分かりかけてきた。

「あの者たちは、近頃自棄《やけ》になっておりまする。御鷹尋で手を抜いたのも、そのせいでござろう。おかしなことを、起こさねばよいのですが」

溜息を吐《つ》いた。

「富所なるご仁は、人を襲い金を奪う、などという蛮行をなす人物なのでしょうか」

誰にでもできるとは思われない。

「あやつは、良くも悪くも度胸がある。殺す気があったかどうかは別にして、金に窮していれば奪おうとするくらいはないとはいえませぬ」

だから岡下らが、一緒にいたことが気になるらしい。

「ならば足袋屋を襲うよりももっと大きな悪巧みを持ったら、三人を誘うかもしれませんね」

「そのようなまねを、させてはなるまい」

井田川の表情には、小さな虞《おそれ》が浮かんでいる。そしてそれを振り払うように、強い語気になって言った。己に言い聞かせているのかもしれない。

組頭には、配下の徒士衆に対する監督責任がある。調練を怠けたくらいならば、叱《しか》れば済む話だ。しかし人を殺して金品を盗むなどの罪を犯したら、ただでは済まない。下手をすれば腹を切らされる。それは組頭の上の御徒士頭元真にしても同じだろう。

井田川にしてみれば、岡下ら三人の動きには、前から気になることがあった様子だ。

「これから、注意してあやつらに目を配ることにいたす」

「ぜひそうしてください。芝の岡っ引き市次より、何か知らせがありましたら、お知らせいたしまする」

「かたじけない。この話については、ご内密に願いますぞ」

そう念を押した上で、井田川は藤吉に頭を下げた。

この日は、もう一つ藤吉を驚かせる出来事があった。西の丸御書院御番頭板垣甲斐守康信の嫡男康朝《やすとも》が、昨夜亡くなったという話が伝わってきたのである。

康信と会ったのは、先日の徒士衆による御鷹尋の折である。元真から紹介された。

藤吉が昨年あった先手弓組による対抗流鏑馬合戦で騎射した折に、場内にいた。見事だった、と言ってくれた相手である。

御鷹尋の折に、嫡男の病が重いという話は耳にした。容態を案じる気配があった。心落ちしているだろうと推察した。

藤吉は、屋敷に戻ってこの訃報を舅の平内に伝えた。

「そうか、康朝様が亡くなられたか」

西の丸とはいえ同じ番方で、康信と康朝父子とは顔見知りだったと言った。

「ならば通夜へまいりましょうか」

「ぜひそうしてもらおう」

ということで、藤吉は香坂家の当主として、駿河台《するがだい》にある板垣屋敷で行われる康朝の通夜へ出かけた。

高張提灯《たかはりぢょうちん》が、屋根の出張った門番所付長屋門を照らしている。板垣屋敷の間口は四十五間あった。家禄四千石の御大身である。普段ならば人気《ひとけ》のない武家道だが、今夜は違った。

大名や大身旗本の駕籠《かご》があり、供を連れた旗本や配下の御家人といった面々が集まってきている。

それぞれが提灯を手にして、要所には篝火《かがりび》も焚《た》かれているから、門前はまるで昼間のような明るさだった。

焼香を済ませた藤吉は、ちらと千寿の姿を見かけた。小笠原家は板垣家とは近い縁戚なので、千寿が屋敷内にいるのは当然だった。

ただ弔問客が多いので、話はできなかった。黙礼をし合っただけである。

「おお、藤吉ではないか」

声をかけてきたのは、旧主の永穂忠左衛門《ちゆうざえもん》だった。近くにいたので、話をすることができた。永穂家は血縁ではないが、小笠原家を通して板垣家とは縁続きの間柄にあった。

「康朝殿は、二十一歳だったそうな。近々祝言を挙げると聞いていたのだがな」

風邪をこじらせたらしい。もともと強健な質ではなかったとか。

「跡取りをどうするか、揉《も》めるぞ」

忠左衛門は言った。板垣家には、子どもは康朝しかいなかった。姫もいないという。継嗣問題は、武家にとって最重要課題だ。御家の命運を左右するからである。

読経の声が、長く響いていた。

忠左衛門とも長話をしたわけではない。何人かの顔見知りと挨拶をして、藤吉は板垣屋敷を引き上げた。

四

三日たった昼過ぎ、非番の藤吉のもとへ芝の市次が訪ねてきた。

井田川から聞いた、徒士衆三名と富所については、香坂家の中小姓雨谷を使いに出して伝えてあった。それを踏まえて、やって来たのである。

奥の、庭に面した藤吉の部屋へ通した。

「どうぞ」

こういうとき茶菓を運んでくるのは、うらである。武家の娘としての、立ち居振る舞いをした。もちろん髪型も着物の着方も、武家のものだ。

「すっかり、お武家に馴染《なじ》んだようですね。町方にいたとは思えませんよ」

うらが屋敷へ来たことについては、前に話した。しかし顔を合わせるのは初めてだ。

「まあ」

藤吉にしてみれば、お世辞半分の言葉なのだと受け取るが、うらは嬉しそうな顔をした。そのまま続けた。

「私も、あんちゃんのように武家として過ごしてまいります」

と言ってから、慌てて口を手で塞いだ。「あんちゃん」はいけない。藤吉と市次は、ぶっと吹き出した。うらは顔を真っ赤にしている。

「さすがに兄妹だ。あの娘は、婿殿に似てしぶとい。へこたれずに、何でもやろうとする」

平内が、そんなことを口にしていた。

「富所ですがね」

うらが部屋を出たところで、市次は本題に入った。藤吉も、気になっていた話である。

「あいつ、このところ毎日必ず一度は、汐留川河岸へ行きますよ」

市次は、富所の動きを見張っている。

「南大坂町の丹波屋だと、睨《にら》みました」

藤吉が汐留川河岸で姿を見たときも、富所や岡下らは、丹波屋に目をやっていた。

「それで店の者に、聞き込みをしてみたんです。そうしたら、とんでもないことが分かりました」

「何か」

「富所は一年くらい前に、丹波屋で用心棒をしていたんですよ」

目を輝かせている。

丹波屋に、数人の破落戸《ごろつき》が絡んで乱暴を働いた。そのとき二月ほど住み込んで、破落戸を追い払う役目をしたそうな。

「店の内情が、ある程度分かるわけだな」

主人一家や奉公人たちの暮らしの様子や、建物の間取りなどである。一年では、そうは変わらないだろう。

「主人や番頭が出てくるのを待つのではなく、押込みを図っているのではないでしょうか」

「岡下や金に困っている徒士衆を誘ってだな」

「建物への押込みとなれば、一人では無理でしょう」

「そうだろうな」

岡下や宗佐、鴨志田は金に窮している。特に岡下は、御家人株を売らなければならないぎりぎりのところにいるという。

「丹波屋は、京橋や芝界隈《かいわい》の大店《おおだな》を顧客に持っています。商いは盛んで、常時二、三百両の小判が眠っているという噂です。人一人殺して四両を奪うよりも、大きな話です」

もちろん断定はできないが、押込み先としては、不満はないと市次は言っている。

藤吉は否定できない。

「いつごろになりそうか」

「やるとしたら、あの感じでは、そう先ではないと思います」

「そうだな。岡下は御家人株を手放す瀬戸際にいると聞いた。押込みがうまくいけば、株は売らなくて済む」

「そこで旦那に、調べていただきたいんですよ」

市次が訪ねてきた意図が、ここではっきりした。岡下の借金返済日である。岡下にしてみれば、代々守ってきた株を手放したくはない。返済日がくる前に、押込みを済ませたいと考えるだろう。

「分かった。その日がいつか、確かめよう」

藤吉は応じた。

「それともう一つ、気になることがあります。富所は何度か夕方から、姿を消します。いつの間にか、姿が見えなくなります」

「ほう」

「誰かと会っているのかもしれません」

岡下らの可能性があるが、それは分からない。ただ毎日ではないそうな。一応、記憶に留め置いた。

翌日登城した藤吉は、御徒士頭の加藤元真に面会を求めた。井田川にも同席をしてもらった。

そこで二人に、市次とした話を伝えた。

「なるほど、あり得ぬ話ではなさそうだな」

話を聞いた元真は、慎重な面持ちで言った。井田川は、焦りの表情さえ浮かべた。

「しかし一人一人の暮らしの詳細までは、ちと」

井田川は、額に浮かんだ脂汗を手の甲で拭いながら言った。

「それはそうでしょう」

藤吉は相手を責めない。組頭であっても、配下の暮らしの詳細を掌握しているわけではないと分かるからだ。それに責めるだけでは、相手は反発する。味方にして力を出させる方が得策であることを、これまでの日々で学んできた。

「では、お調べいただきましょう。そうした事情を耳にしているご仁が、徒士衆の中にいれば幸いです」

「承った」

それならばできると、受け取ったようだ。

「直参の者が、商家へ押込みを図るなど、あってはなるまい」

「それはそうです。将軍家のご威信にかかわりまする。何としても、捕えねば」

元真の言葉に、井田川が続けた。

「いや、捕えるだけではまずいでしょう。押込んだ後に捕えるのではなく、押込む前に捕えるなり止めさせるなりしなくてはならないでしょう」

「その通りだ」

藤吉が告げると、元真が頷いた。

「では、早速」

井田川は、部屋を出て行った。

そこで藤吉は、気になっていた板垣康信の様子を尋ねた。嫡子を亡くして、落胆しているだろうと考えるからだ。小出家の家臣だったときから、自分を知っていてくれた人物だという思いもある。

「うむ。心屈しているのは間違いあるまい。ただそれだけでは済まぬ。跡取りの一件があるからな」

元真は腕組みをしながら言った。その話は、通夜で顔を合わせた永穂忠左衛門もしていた。

「はあ」

「早急に、何とかせねばならぬ。申し出てくる者は多いが、なかなか適当な者がおらぬようだ」

具体的な話はしないが、面倒なことがあるようだ。四千石の御大身だから、誰でもいいというわけにはいかない。たとえ有能であっても、血筋を無視するわけにもいかないのが実情だという。

板垣家に近い小笠原家には、千寿姫しかいない。元真には男子がいるが、一人だけであとは姫だという。

ただこの問題は、藤吉が関わる話ではない。

「そういえばそなた、香坂屋敷へ妹ごを引き取ったそうだな。何よりの話だが、馴染んでおいでか」

と話題を変えた。小笠原家か永穂家あたりで耳にしたのだろう。

「お陰様にて」

と、藤吉は頭を下げた。気遣ってくれたことに感謝をした。

五

井田川は徒士衆の詰所へ行って、配下の者たちを見回す。岡下に近いのは宗佐と鴨志田だが、これらに直截《ちょくせつ》に問いかけるのは憚《はばか》られた。これまで、暮らしぶりについて問いかけるなどはしていない。

悪巧みがあるならば、警戒させるだけだろう。

「ならば知っていそうな者はいるか」

と考えて、中年の長身痩軀《そうく》の侍に目が行った、二十代半ばの者二人と三人で話をしている。聞き耳を立てていると、どうやら暮らし向きの話らしかった。

「先月の切米《きりまい》で一息ついたが、それもつかの間だ。総じて物の値が上がっていて、やりくりがつかぬ」

切米とは、二月と五月、それに十月の、年に三度ある直参の給与を指す。米で支給され、自家使用分を除いて換金する。徒士衆は七十俵五人扶持《ぶち》で、二月には二十俵ほどの米を得たはずだ。換金する米の量は家々によってまちまちだが、それによって暮らしを賄う。

「次の五月の切米まで、とても持たぬ」

「まことに、苦しいところだ。札差に借りた金の利息を払うと、手元にはいくらも残らぬ」

日々の暮らしの愚痴を言い合っている。これは都合がいいと、割り込むことにした。

「その方、そんなに借りているのか」

暮らしが厳しいのは、組頭の井田川も同じだ。禄高は違うが、それなりの付き合いや家格を保たねばならないので、支出もかさむ。だがその愚痴を述べるのが目的ではない。

「いやはや、辛《つら》いところでして」

二十代半ばの侍は、苦笑いをした。

「しかし、御家人株を売るところまではいってておるまい」

「それはそうですが」

話が都合のいいところへ行ったので、思い出したような顔で井田川は言ってみた。

「岡下は、どうなったのか」

「いよいよ、厳しいらしいですぞ」

「それがしも、その話は聞いており申す」

長身の者も、もう一人もその話に乗ってきた。株を売るまでには至らなくても、苦しいのは同じだから、他人ごととは思えないのかもしれない。

「では、手放す日が迫っているのか」

「拙者は、来月あたりと聞いたぞ」

「いや、数日ではないか。あやつ、ずいぶん焦っているらしい」

借金の返済日が、株を手放す日になる。だがそれを知っている者はいなかった。

「まあ、そんな日については、口にしたくないであろうからな」

長身の侍が言うと、他の者が頷いた。

ただこれでは、井田川の用は足せない。そこで門番警固に当たっている配下のところへも行って、さりげなく問いかけた。

「いや、はっきりした日にちまでは」

尋ねた限りでは、断定できる者はいなかった。

上野《うえの》山下《やました》の繁華街からそう遠くないところに、井田川の組の徒士衆の組屋敷がある。上野の山や不忍池《しのばずのいけ》の周辺には、花見の人が集まってくる。

桜はそろそろ、散り始めた。

泊番を済ませた藤吉は、裃《かみしも》を脱いでそちらへ足を向けた。桜見物ではない。井田川は、岡下の借金返済日を特定できなかった。それで組屋敷の者に聞こうと考えたのである。

井田川が聞き歩くのでもかまわないが、それではあまりに露骨だろうという判断だ。

登城している徒士衆ではなく、隠居や新造、部屋住みの者たちに声掛けする。岡下の住まいも、見てみたかった。

「これがそうか」

徒士衆の組屋敷は、浜町河岸近くにあった香坂屋敷の三分の一程度の広さしかない。しかも建物はどれも古く、手入れも行き届いているとはいえなかった。

狭い庭は、畑にして野菜を拵《こしら》えている。鶏を飼っている家もあった。

子守をしていた新造に教えてもらった岡下の住まいは、一際荒れていた。屋根には枯草のやれ茎がそのままになっている。外側から見ただけでは、人が住んでいるとは感じられない。

「ご妻女やお子は、おられぬのですか」

岡下は三十三歳だと聞いていたので、当然いるだろうと考えた。

新造はやや言いにくそうな顔になって応じた。

「三月《みつき》ほど前に、離縁をなされたと聞きました」

なるほど、追い詰められているのは間違いなさそうだった。屋敷に住まっているのは、岡下だけだそうな。

藤吉の身なりは悪くないし、物言いも丁寧にしているので、新造は怪しんではいない様子だ。それは助かった。

「つかぬことをうかがうが、岡下殿は株を手放すという話を聞いた。ご存じか」

「はい」

眼差しを落として頷いた。

「それがいつか、お聞き及びであろうか」

「さあ」

困った顔になって、首を傾《かし》げた。

次は三軒先の屋敷で、庭の畑の手入れをしていた隠居ふうに声をかけた。門扉が開いたままになっていたので、目が合ったのである。

「精が出ますな」

「来月には、蚕豆《そらまめ》ができる頃ですのでな」

ひとしきり、春の野菜について話をした。藤吉は百姓の出だから、手入れの仕方については詳しい。助言をしてやった。

そして岡下の話に移った。

「あの家は、親の代からそれなりの借財があったようだ。近頃は、目付きのよくない浪人者の用心棒を連れた借金取りも現れるようになった」

「金貸しですね。どこの誰なのか、分かりますか」

これが分かれば、そちらから話が聞ける。

「さあ。高利貸しなど、知り合いになりたくはないのでな」

隠居ふうは、憮然《ぶぜん》とした顔になって言った。ただ岡下が、御家人株を売らざるを得ない状況であることは知っていた。

「しかしな、いつ返済日なのかまでは聞かぬ」

そこで藤吉は、宗佐や鴨志田についても問いかけた。

「あやつらも、まあ楽ではなかろう。しかしな、岡下を含めて山下の屋台の燗酒屋《かんざけや》で酒を飲んでいるのを見かけたぞ。金もないのに、外で飲むなど浪費の癖があったのかもしれぬ」

今の若い者は、と呟《つぶや》いた。けしからんと言いたいらしい。

見かけたのは一度だけではないようだ。だからなおさら癇《かん》に障ったのかもしれない。

藤吉は、他にも四人に問いかけた。しかし岡下の借金返済日と、金を貸した高利貸しの名を知る者はいなかった。

「借金など、武家の恥ですからな。どこからいくら借りたかなど、話す者はおらぬでしょう」

言われてみればもっともだ。

ただ上野山下の燗酒屋で、岡下らが酒を飲んでいる姿を見た者は他にもいた。つい数日前だそうな。

「三人の他に、もう一人浪人者がいた。あれは、組から外れた富所ではあるまいか」

と聞いて、「おお」と声を上げそうになった。

屋台の燗酒屋は、瓢簞《ひょうたん》形の提灯を吊るした初老の親仁《おやじ》が商う店だそうな。行けば分かるというので、藤吉は夕方になってから上野山下へ足を向けた。

飲食をさせる店や小間物などの安物を売る屋台、土弓屋、大道芸人などがあって、眩しいほどの明かりが灯《とも》っている。気候がよくなって、夜でも寒くはない。

人の出は多かった。

丁寧に見て回ると、燗酒の屋台は三つあった。しかし瓢簞形の提灯をぶら下げているのは、一軒だけだった。商っている親仁の年頃は、五十代前半である。

屋台の傍《そば》に、四つほどの縁台が置いてあって、そこで燗酒を買った客が飲めるようになっている。焼いた目刺しや香の物程度のつまみも出している様子だ。

藤吉は一合の燗酒を買ってから、親仁に問いかけた。縁台では、お店者《たなもの》ふうの二人と人足ふうの三人が酒を飲んでいる。

「三人の徒士衆と浪人者の四人で、飲みに来る客を覚えているかね」

「徒士衆のお侍ならば、お屋敷が近いですからね。折々お見えになります」

今の問いかけだけでは、特別に客の誰かを思い出すわけではなさそうだった。他にも徒士衆が、飲みに寄るらしい。

そこで藤吉は小銭を与え、四人の名と年齢、顔の特徴などを伝えた。

「ああ。富所という苗字は、覚えています」

親仁は少し首を傾げたが、頭に顔が浮かんだらしい。

「よく、来るのか」

「この半月くらいの間に、五、六度くらいですかね。いつも四人で飲んで、お代を払うのが主持ちのお侍ではなくて、ご浪人の方なんですよ。ご浪人でも、銭を持っていて。その人が、富所という苗字で呼ばれていました」

半月に五、六度というのは、少ないとはいえない。富所の住まいは、芝だ。わざわざ上野山下まで屋台の燗酒を飲みに出てくるのは、何かあると考えざるを得ない。

富所を見張っている市次が、何度か夕方から姿が見えなくなることがあると話していた。ここへ来ているのならば、辻褄《つじつま》が合う。

押込みの打ち合わせではないか、と見当がつく。

「酒を飲む四人は、どんな話をしているのか」

「さあ、大きな声で笑っていることもあれば、顔を寄せて、小声で何か言い合っていることもあります。あっしは、聞いちゃあいませんけどね」

酒を飲んでいるのは、たいてい半刻（約一時間）あまりだと言い足した。

「では、今日も来るのか」

ならば様子を見ようと考えた。

「今日は、来ないと思いますよ。昨日来ましたから。毎日は来ません」

「なるほど。それでも常連の部類には入るのではないか」

「そうですね。長いご贔屓《ひいき》をお願いしますって言ったら、今月いっぱいは来るぞと言っていました」

「ほう」

この言葉は大きい。押込みが済めば、ここへ来る用事はなくなる。今日は二十三日だ。あと十日足らずで、三月が終わる。

「ならば押込みは近いぞ」

藤吉は胸の内で呟いた。

六

燗酒屋で買った酒は、飲まなかった。縁台で飲んでいる人足ふうに与えて、藤吉は上野山下から離れた。

向かったのは、下谷《したや》練塀小路《ねりべいこうじ》にある加藤元真の屋敷である。聞き込んだ内容を、伝えておこうと考えたからだ。神田明神下の香坂屋敷へ帰るにあたって、さしたる遠回りにはならない。

門番に訪れを伝えていると、暮れ六つの鐘が鳴った。そして玄関先で、思いがけない人物と出会った。

妙齢の姫様である。女駕籠が置かれていた。

「まあ、藤吉どの」

と声をかけてきた。提灯を手にした家臣がいたので、顔が分かった。千寿である。

「これはこれは」

仰天したが、千寿は元真の姪だ。加藤屋敷にいたとしても、不思議ではなかった。だがここで、もう一つ驚くことがあった。千寿が藤吉の顔を見て、顔を赤らめたのである。恥じらい、といっていいような気配を示したのだ。

近頃は、つんとした態度を見せることはなくなった。しかし恥じらいを見せるなどは、ただの一度もない。

見間違いかと目を凝らすと、そのときにはいつもの千寿姫様に戻っていた。どこかすまし顔になっている。

「忙しく、お過ごしですか」

「はい。桜も、そろそろ散る頃となりました」

千寿の様子で、藤吉は少なからず心を乱している。頓珍漢《とんちんかん》なことを口に出していた。

「それでは」

見送られて、千寿は駕籠に乗る。他にも何かを言いたそうにしたが、これ以上の話をする場面ではなかった。

「お気をつけて」

藤吉は、千寿を見送った。

見当はずれな返答をしてしまった。後悔をしたが、顔を見られたのは嬉しかった。それにしても、千寿が見せた恥じらいの様子は気になった。

けれども、わけを聞くことなどはできない。

藤吉はそのまま奥の部屋へ通され、元真と面談した。組屋敷と燗酒屋で聞き込んだ内容を、伝えたのである。

「そうか。井田川は、聞き出すことができなかったぞ。さすがはそこもとだ」

元真は言った。

「おそらくこの数日の内に、動くと思われます」

確信をもって、藤吉は言った。岡下の荒んだ住まいの様が、脳裏に焼き付いている。一か八か、切羽詰まったぎりぎりの思いを伝えてくる気がする。

「何としても、止めねばならぬ。ただ何もせぬうちにやめろと告げても、何の話かと白を切るだけだろう」

元真の方が、井田川よりも事を冷静にとらえている。

追い詰められた者は、上からの申しつけでは心を動かさない。こうと決めたならば、突っ走る。

「押込む直前で、徒士の方々で捕えていただくのが、よろしいかと存じます」

これが藤吉の考えだ。

「うむ。ならば日にちを、はっきり摑《つか》まなくてはなるまい」

徒士衆を動かすとなれば当然だ。元真は続けた。

「そこもとには、引き続き力を貸してもらいたい」

「かしこまってございます」

藤吉は、初めからそのつもりだった。

これで用談は済んだ。引き上げようとすると、「ちと待たれよ」と引き留められた。他にも話があるらしい。

これまでとは、表情が微妙に変わっている。とはいっても、和やかというのとは異なる。

「何でございましょうか」

藤吉は居住まいを正して応じた。

元真はやや迷うふうを見せたが、腹を決めたように口を開いた。藤吉を見据えている。

「そこもと、千寿と祝言を挙げぬか」

「ええっ」

寸刻の間、何を告げられたのか判断できなかった。耳に残った言葉を反芻《はんすう》して、意味を理解した。腰を抜かしそうになっている。

情けない声を漏らしたのが、自分でも分かった。

胸の内では幾たびも考えたが、他人が、しかも千寿の叔父に当たる人物が口にするとは考えもしなかった。

「お、お戯れを」

声が震えたのが分かった。やっと出てきた言葉である。震えたのは、声だけではなかった。

「いや、そうではないぞ」

とは言ったが、ぜひにもという口調ではなかった。

反応を見たのかもしれないとは思ったが、藤吉にしてみればどうするすべもなかった。ただ息苦しいだけである。

元真は、大きく息を継いでから口を開いた。

「板垣家の継嗣問題だがな、難航しておる。そこで思案したのは、そこもとが千寿と一緒になって、夫婦養子となればよいと考えたのだ」

「ま、まさか」

耳に入る言葉が、夢の中で聞くようだった。

「そこもとは、妻女をなくしている。祝言を挙げることができるではないか」

「…………」

「香坂家は、妹ごが婿を取ればよい」

「し、しかし、お、小笠原家は」

これは三千石の御大身である。千寿は一人娘だから、どうでもいいというわけにはいかない。

「そちらは養子を得ればよい。そもそも板垣家は、三河《みかわ》以来将軍家を支えてきた家柄だ。一門としては、小笠原家よりも重んじられなくてはならぬ」

「そ、それはそうだとしても」

「千寿は板垣家の血を引く者としては、誰よりも本家に近い」

男子ではなくても、千寿が板垣家に入ることについては、一門で異論をはさむ者はないと元真は告げた。

「しかしその相手が、拙者というのは、ちと……」

偽らざる心境だ。それは日頃の千寿への思いとは、別のものだ。

「いかにも」

元真は、困惑の表情を見せた。しばしの沈黙があってから、口を開いた。

「考えもせぬことだったが、今しがた千寿がまいった。そこで戯れに、その方の名を出してみた。板垣家への夫婦養子ということでな」

「………」

藤吉は息もできぬ思いで、次の言葉を待った。

「あやつ、うろたえおった。何を言われても動じない、あやつがな。まんざらではない様子だと、わしは受け取った」

「さ、さようで」

やっと言っている。

「それで口にしてみたのだ。しかし、まあ、無理であろう」

元真はふうと息を吐いた。思い付きを口にしただけのようだ。あっさりと引いている。

あまりにも当然すぎる結末だが、藤吉は動揺した。千寿がこの話で「うろたえた」というのも、心を突き刺してくる。

そういえば、つい先ほど加藤家の玄関先で顔を合わせた。あのとき千寿が、顔に恥じらいを浮かべた。そのわけが、分かった気がしたのである。

腹の底が、一気に熱を帯びてきた。板垣家への養子話ではなく、千寿の自分への思いに対してだ。

とはいっても、これは元真が察しているように、現実離れした話だった。そもそも小笠原家やその他の縁戚の者が、承知をするはずがない。

「落ち着け」

波立つ気持ちを鎮めた。無理やり抑え込んだのである。江戸へ出てきて、幾たびも辛いことと悔しいことを抑え込んできた。それと同じだ。

陪臣から直参になり、富士見御宝蔵番頭にまでなった。だからといって、調子に乗ってはいけない。動揺し心を躍らせた己を、藤吉は厳しく戒めた。

七

加藤屋敷から香坂屋敷へ向かう道筋、藤吉が考えたのは元真が口にした千寿との夫婦養子の件である。

調子に乗るなと自分を叱りつけるが、それでも心を搔《か》き乱す。とはいっても、実現のために藤吉が何かできるというものではなかった。

「おれがすることは、富士見御宝蔵番頭の役目をこなし、徒士衆の不心得を中止させることだ」

声に出して言ってみた。

屋敷に帰ると、迎えに出たうらが刀を受け取る。中小姓の雨谷も姿を見せて、頭を下げた。

「お父上とお母上が、部屋へ来るようにと仰せです」

うらが言った。夫婦は藤吉が帰るのを待っていたらしい。

「ただ今戻りました」

元真に頼まれた調べ事をしに、上野山下へ行ったことを伝えた。しかし話題に出た板垣家の一件については触れない。

「つい先ほど、そなたの縁談を持ってまいった者がいる」

「またとないような、良縁ですよ」

夫婦は、声を揃えて言った。

「はあ」

相手は家禄五百石で御役料三百俵を得る御小《おこ》納戸衆《なんどしゅう》の娘だという。家格からいえば、相手の方がはるかに上だ。

「これはな、数々の手柄を立てた婿殿の、先行きを見越しての話であろう」

「なかなかの、器量よしだそうです」

藤吉にしてみれば、楓は愛《いと》おしい妻だった。病に臥《ふ》したまま過ごした短い暮らしでも、忘れはしない。しかし千寿への思いは別物だ。そしてこの二人よりも器量のよい娘などは、どこにもいないといってよかった。

ならば器量の良し悪しなど、どうでもよかった。ただ武家にとって、御家の存続は何よりの重大事である。平内夫婦がそれでよしとするならば、異存はない。

波打つ気持ちに踏ん切りをつけるには、丁度良いとさえ思った。

「どうぞ、お進めください」

と藤吉は告げた。

「そうか、では進めるといたそうぞ」

「春にふさわしい縁談《はなし》ですなあ」

夫婦は上機嫌で応じた。香坂家の庭にも、桜の木がある。花びらが柔らかい風を受けて、ひらひらと舞っていた。

自分の部屋へ入ると、うらがやって来た。着替えを手伝うためである。

「縁談を、進めるんですね」

話を聞いていたらしい。

「まあな」

「めでたい話だけど、あんちゃん、嬉しそうじゃないね」

うらの言葉が、胸に刺さった。

富所の動きについては、市次とその手先が見張っている。今月内が目途《めど》だと察せられるので、夜は町木戸が閉まるまで見張りを続けた。

動きがあれば、すぐに香坂屋敷へ走る段取りになっていた。

岡下ら三人の徒士衆の動きについては、井田川の腹心の者が注視する。井田川にしても、岡下や宗佐、鴨志田らは己の組の者だから、手を抜いているわけではない。必死だ。

「気負い込みすぎて、怪しまれぬように」

と藤吉は助言する。

富所や岡下は、こちらの動きに気づいて今回は諦めても、かならず次の手立てを考える。思いもかけないところで蛮行を行わせるくらいならば、ここで捕えるべきだと元真とは話している。宗佐や鴨志田も、逼迫《ひっぱく》の様子がまだましという程度だ。機会があれば、仲間に加わるだろう。

そして次の日の夕方、市次が香坂屋敷へやって来た。何か動きがあったようだ。

さっそく向かい合った。

「富所のやつ、汐留川で荷船を扱う船問屋の用心棒を始めましたぜ」

汐留川河岸には、多数の問屋や小売の商家が並んでいる。これらの店に商品を運ぶため、常時たくさん荷船が運航をしていた。加えて人を乗せる小舟も通ってゆく。河岸には多数の船着場があって、荷降ろしが行われた。船頭や荷降ろし人足らは、いずれも気の荒い者たちばかりだ。悶着《もんちゃく》を起こすことは少なくない。

船問屋の用心棒は、それらを腕力で抑える役目といってよかった。富所にしてみればうってつけの役目だが、市次にしてみれば看過できない。

「怪しいぞ」

ということになる。そこで船問屋の番頭に問いかけをした。

「それまでお願いしていたやっとうの先生が、急にやめましてね。そしたらどこで聞いたか知りませんが、雇ってほしいと言ってきたんです」

問屋としても、用心棒は必要だ。

「とりあえず今月末まで、格安でやってくださるということでしてね」

番頭にしてみれば、渡りに船だったようだ。

「なるほど、これで富所は一日汐留川河岸にいても怪しまれないわけだな」

市次から話を聞いた藤吉は、頷いた。

「へい。船問屋の用心棒ならば、汐留川の荷船の事情も分かりやすし、船を使っての逃走にも役立つんじゃねえでしょうか」

「いかにも。うまく事が運んだら、金を手にそのまま江戸を離れればいいだけだ」

富所らも、着々と支度を整えている印象だった。

「それに富所ですが、丹波屋の番頭や手代にも声掛けをしていますぜ」

「まあ、知らぬ間ではないからな」

店の様子を、それとなく聞き出しているのだろう。

これは市次が、丹波屋の番頭や手代に話しかけて分かった。

「それともう一つ、分かったことがありやす」

眼差しに気合が入った。藤吉は、息を吞んで次の言葉を待つ。

「丹波屋の商いは順調ですが、実入りはそれだけではありません。ご府内数カ所に、長屋や貸家を持っています。その店賃が、三月ごとに集まります」

「一月から、今月の分までだな」

「そうです。これも数十両になるようですぜ」

「集まるのは、いつだ」

「二十六日だそうで」

市次は、にまりと笑った。店賃は二十五日までに払われ、それを各大家が翌日に丹波屋へ運んでくる。

「富所は、それを知っているな」

「でしょうね」

「ということは、押込みは二十六日から月末までとなるな」

「へい。だいぶ絞られましたぜ」

市次が応じた。気持ちの昂《たかぶ》りが、藤吉にも伝わってくる。

八

藤吉は城内の廊下で、板垣康信と出会った。板垣は西の丸詰めなので、本丸御殿で出会うことはまずない。しかし必要に応じて、本丸詰めの書院番頭やその他の部署の者と打ち合わせをすることは当然ある。

たまたま、そういう折だと思われた。

藤吉にしてみれば、元真とした話が頭にあるから、顔を見ただけでも心の臓が飛び跳ねた。とはいっても、板垣はその話を知らないはずだ。

元真と二人だけでした戯れの話である。

藤吉は廊下の端に寄る。御鷹尋のときに顔を合わせたし、康朝の通夜にも出かけた。挨拶だけは、しなくてはならない。

板垣も、藤吉に気がついて立ち止った。こちらの黙礼に返してよこした。身分に隔たりはあるが、無視はしていなかった。

さらに何かを言おうとした。だがこのとき、横から声をかけた者がいた。

「板垣殿」

大身旗本である。親しげな様子だった。

藤吉は板垣が何を言おうとしたのか気になったが、板垣は現れた大身旗本と話を始めた。呼び止められたわけではない。そこで仕方なく、もう一度改めて頭を下げてその場から離れた。

もし用があるならば、後になってでも何か言ってくるはずだった。

御宝蔵番頭の部屋へ戻ると、井田川が待っていた。急の知らせらしい。

「宗佐と鴨志田が話をしているのを、配下の一人が耳にしました」

声を落として言った。部屋には他に、誰もいない。

「前後の脈絡は存じませぬが、『今宵暮れ六つ、いつものところで』と宗佐が言ったそうです。鴨志田は『分かった』と。それで二人は、離れたそうでござる」

「打ち合わせですな。れいの燗酒屋でしょう」

「まさしく」

元真や井田川には、市次から聞いた話を伝えている。今日は二十五日だ。そろそろ打ち合わせをする時期だと、動きに気をつけるように伝えていた。

「このやり取りは、ぜひとも聞きたいところですな」

「いかにも」

「しかしな……」

藤吉や徒士衆の者では、顔を知られている。いくら日暮れ過ぎでも、話を聞き取れるような場所にいるわけにはいかない。市次の顔は富所に知られているし、その手先の顔も気づかれているかもしれなかった。

「誰がいいか」

顔を知られていない者といっても、誰でもいいというわけにはいかない。ある程度の事情を耳に入れておかなければ、話の要点を摑めないだろう。口の堅い者でなければならなかった。

そこで頭に浮かんだのは、香坂家の中小姓雨谷治三郎だった。あの者ならば、都合がいいと考えた。

「では、当家の者をあの屋台に置きましょう」

井田川に伝えた。

朝番だったので、藤吉は夕方には屋敷に戻れた。着替えを済ませると、雨谷を呼んだ。

「上野山下の燗酒屋で、怪しまれぬように話を聞くのだ」

事情を伝えた上で命じた。

「ははっ。お安い御用ではございますが、それがしは酒が不調法で」

雨谷は言った。

「なあに、舐《な》めるふりをしておればよい」

ということで連れ出した。藤吉は深編笠を被《かぶ》っている。

上野山下は、一日の仕事を終えたお店者や職人、人足などでいつものように賑《にぎ》わっている。

燗酒屋は、これまでと変わらない場所で、店を出していた。薄闇が這《は》い始めていて、瓢箪形の提灯には早くも明かりが灯されていた。

「あれだ」

藤吉は指差した。

指差された燗酒の屋台に、雨谷は目をやった。屋敷を出たときから緊張があったが、「あれだ」と告げられて、胸が痛くなるほどだった。

三人の人足ふうが酒を飲んでいるが、まだ侍は姿を見せていなかった。

雨谷は、主人の藤吉が元は百姓で、永穂家や小出家の家臣だったことを知っている。昨年あった流鏑馬合戦も、小笠原家の家臣として馬場へ足を運んで見ていた。驚きだけでなく、自分よりも低い身分の者が、あれよあれよという間に四百俵の旗本になった。感嘆の思いも込めてその姿をうかがっていた。

父は小笠原家譜代の用人だが、自分は三男坊で屋敷には残れない。香坂家の中小姓の話があったとき、一も二もなく承知をした。

「自分も香坂藤吉のようになりたい」

と思って、奉公を続けている。藤吉は、様々な場面で活躍を重ねた。じっとして幸運の訪れを待っていたわけでないのは、あちらこちらから話を聞いて分かっていた。

だから今日、重い役目を命じられたことは嬉しかった。

「しっかり役に立つぞ」

と腹を決めていた。

薄闇が、徐々に濃くなってゆく。まず侍が二人現れた。店の親仁から酒を受け取り、縁台の一つに腰を下ろした。

「話を聞くのは、あの者たちだ」

と告げられて、雨谷は生唾を呑み込んだ。

見ているとさらに一人が現れ、そして浪人とおぼしい身なりの者が姿を見せて酒を注文した。

「よし、行け」

背中を叩《たた》かれた。

雨谷は小さな武者震いをしてから、燗酒の屋台に近づいた。藤吉が一緒ではない。離れたところで、様子を見ている。

「親仁、酒をくれ」

一合を注文した。湯呑み茶碗に、ちろりから燗酒が注がれた。熱燗だ。においが、つんと鼻を突いてきた。

心の臓が、早鐘をついている。雨谷は口をつけ、一気に三分の一ほどを飲み込んだ。喉を熱いものが通り過ぎる。

しかし咽《む》せたり、吐き出したりすることはなかった。かえってそれで、昂る気持ちが治まったのは不思議だった。

できるだけ四人に近い、空いている縁台に腰を下ろした。

侍たちは、酒を楽しんでいるのではない。話すことに気が行っているが、声は極めつけに小さかった。傍の縁台で話す人足ふうが大きな声を出し、笑い声をあげるので、なおさら聞き取りにくい。

苛立《いらだ》つ心を鎮めるために、酒を一口飲み込んだ。そして耳を澄ます。余計な声を、耳の中で他所へ追いやった。

かろうじて、何か聞こえる。「汐留川」「舟」「二手に分かれ」などが切れ切れに聞き取れた。明らかに、丹波屋への襲撃に関わるものだと受け取れる。

耳に手を当てたくなるのを堪《こら》えた。

燗酒屋に、新たな複数の客がやって来て、空いていた雨谷の縁台の横に座った。ますます聞き取りにくくなった。

堪え切れずに立ち上がったとき、四人の侍も立ち上がった。話が済んだらしかった。

雨谷は慌てた。肝心なことは、何も聞いていないと感じたからである。これでは、命じられた役目を果たしていない。

四人は、空になった湯呑み茶碗を店の親仁に返した。代金は、浪人ふうがまとめて払っている。そのとき、立ち去ろうとする一人の言葉が耳に入った。

「では、二十七日に」

それだけだが、はっきり聞こえた。四人が立ち去っても、しばらく雨谷は茫然《ぼうぜん》としていた。

雨谷から話を聞いた藤吉は、その足で下谷練塀小路の加藤屋敷へ行った。耳にしたばかりの「二十七日」という日にちを、元真に伝えたのである。

「押込みの日だと思われますが、断定はできません」

「いかにも。岡下らの登城の日を、確かめよう」

元真はそう言って、井田川を呼び出した。

半刻ほどで、井田川が駆けつけて来た。走ってきたらしく、息を切らしていた。

事情を聞いて、目を丸くした。

今月末日までの、各組の当番はすでに決まっている。

「その日は、我が組は朝番でございまする」

「うむ」

元真が頷いた。朝番ならば、夕刻には下城ができる。

ちなみに、二十六日は夕番で、下城してからの押込みは難しい。しかし二十八日は非番だった。この日も、押込みは可能だ。

「やるならば、間を置かないでしょう。集まった金子が、使われてしまう虞もあるわけですから」

満を持して押込みを待つ。二十七日がなければ、次の日も同じことをするまでだと、一同は腹を決めた。

九

二十七日になった。藤吉は朝からの番で、夕方には下城ができる。屋敷へ帰ると、早々に身支度を整えた。汐留川河岸の丹波屋を目指す。

愛用の重藤《しげとう》の弓と、少々細工を施した矢を持参する。

「それがしも、お供を」

雨谷が言ってきた。雨谷は、直心影《じきしんかげ》流長沼《ながぬま》派の剣術を学んでいる。もちろん、加えることにした。

元真と井田川で、朝番と非番の、腕の立つ徒士衆を十人選抜した。これに井田川が加わり、さらに南町奉行所の与力平田と市次が加わる。

平田には、市次から詳細が伝えられていた。

徒士衆は、丹波屋の表と裏を見張る。富所や岡下らがどこから現れるかは、まったく分かっていない。四人まとまって押込むのか、二手に分かれるのか、そこも不明だ。

押入る前に捕えるのが前提だから、表通りと裏通りのそれぞれに潜む手筈《てはず》となった。

平田の配下の捕り方は、汐留川に舟を置いてそこで待機をする。舟による逃亡も考えられるので、それを踏まえた布陣だった。富所は町方が縄をかけるが、岡下ら三人は徒士衆が引き取る段取りだ。

富所は、朝から汐留河岸にいて、荷船の人足たちを見張っていた。しかし昼下がりになって、船着場が混雑したところで姿が見えなくなった。

「よし」

それを聞いて藤吉は、満足した。これで押込みが今夜だと、確信したのである。

岡下と宗佐、鴨志田の三人は、江戸橋まで出てから舟に乗り込んだ。つけていた者をまいたのである。行方は知れないが、これも想定内だった。おそらく四人は、どこかで身支度を整える。できればその場所を突き止めたかったが、これは仕方がなかった。無理はするなと伝えていた。

つけられているとは考えないにしても、向こうは慎重にやっている。

丹波屋の主人と番頭には、平田から事情を話した。

「何があっても騒ぐな」

店が被害を受けることはないと伝えていた。

昼間は賑やかな汐留川河岸も、日が落ちるとめっきり人の姿が少なくなる。飲食をさせる店が数軒明かりを灯すが、大方の商家は商いを終わらせ戸を閉ざした。

藤吉や雨谷らの表に潜む徒士衆は、河岸にある船具小屋と建物と建物の間にある隙間に身を潜めた。闇が、待ち伏せる者の姿を隠した。

平田は土手の船着場にある仮小屋にいる。店に起こった変事を舟に潜む者に伝え、場面に応じた動きをする。

裏手を見張る井田川らは、細い道を隔てた一軒のしもた屋に身を潜めた。この家の者には、事前に平田が話をつけている。門脇に、南天の木が植えられてあった。この一同の中には、市次も交ざっていた。

藤吉と市次は、前日にこのあたりの地形については充分な下見をしている。

五つ（午後八時頃）を過ぎると、道行く者の姿がほとんどなくなった。たまに酔っぱらいが通り過ぎるくらいだ。

しかしまだ、富所らの姿はうかがえない。

町明かりが、ぽつんぽつんと見える。寝静まった状態ではなかった。たまに人を乗せた舟がやって来て客を下ろす。そういうときには、目を凝らした。

そろそろ四つ（午後十時頃）を告げる鐘が鳴る。最後まで明かりを灯していた居酒屋が客を送り出すと、店の明かりを消した。

こうなると、明かりを灯しているのは木戸番小屋だけになった。彼方から、犬の遠吠えが聞こえてきた。

「こちらへは、何人が来るでしょうかね」

雨谷が、緊張に堪《た》えかねる口調で言った。

押込んで来る四人全員を捕えたい。一人でも逃がさないようにするためには、表裏で待ち伏せる者が、それぞれ現れた人数を踏まえておかなくてはならない。

二人捕えたが、実は三人だったとなると一人を取り逃がす。騒ぎになれば、大声を出しても表と裏では伝わらない。そこで藤吉と市次は、確かな連絡方法を確認していた。

「おい、何か聞こえるぞ」

藤吉は、雨谷の耳元で囁《ささや》いた。

微《かす》かな、水音である。だがそれは鳴り始めた四つを知らせる鐘の音に紛れて消えた。

鐘が鳴り終わったときには、物音は聞こえない。はっと息を吐いた次の瞬間、船着場から何かの小さな音が聞こえた。何だと耳を澄まして、それが船着場の床板の軋《きし》み音だと気がついた。

ついに現れたのである。

雨谷も気づいたらしい。体をびくりとさせた。藤吉はその肩に手を当てた。こちらが音を立てては気づかれる。落ち着かせるために、手を当てたのだ。

船着場から河岸まで、すぐには上がってこない。控えている徒士衆は、息を詰めて待つ。その一人が、固唾《かたず》を呑んだのが分かった。

目を凝らしていると、河岸道に黒い塊が二つ現れた。丹波屋の店の前に立ったのである。

たっつけ袴に草鞋履き、顔には布を巻いている。黒ずくめだが、夜目には慣れているので、二刀を腰に差しているのも、藤吉は確認できた。

「他には、いないか」

周囲に目を凝らした。こちらの人数がはっきりしたところで、裏手にいる市次や井田川に伝えなくてはならない。

現れた二人の侍は、閉じられた板戸に手をかけた。脇差を抜いて、これを外そうとしたのである。

ここで土手に潜んでいた平田が、河岸道に走り出た。

「丹波屋を襲わんとする盗賊めっ。神妙にお縄につけ」

と声を上げている。

これに呼応して、潜んでいた雨谷や徒士衆が道に飛び出した。

藤吉も道に出ている。店の表に、目に見える賊が二人だけだと確かめたところで、腰にある矢の中から一本を選んで弓につがえた。きりきりと弦を引く。そして夜空に向かって射たのである。

矢は音を立てて、丹波屋の建物を越えた。

闇夜に響く四つを知らせる鐘の音を、市次は井田川ら徒士衆の者たちと聞いた。

「そろそろだ」と誰もが思っている。

丹波屋の裏木戸は、五つ前に閉じられたきり誰も近づかない。しかし押込みはこちらにも現れると一同は考えていた。そうなったら逃がさない覚悟である。

市次は、道の左右に目を凝らした。手には、十手《じって》ではなく刺股《さすまた》を握りしめている。

滲《にじ》み出た汗を、袖で拭いた。

「あれはっ」

胸の内で呟いた。黒い影が動いた気配を感じたのである。それが近づいてくる。

市次は、すぐ横に立っている井田川の袖を引いた。

体をびくりとさせた井田川も、目をそちらへやった。

ただ裏道は、闇が濃い。何人が現れたのかは、見当もつかなかった。

このとき、丹波屋の建物の向こうから、怒声が聞こえた。平田の声である。これで賊が表通りに現れたのが分かった。呼応するように、井田川と潜んでいた徒士衆が、道に飛び出した。

黒い影に向かって突進したのである。

しかし市次は、すぐには動かない。夜空を見上げた。待つほどもなく、闇の向こうから一本の矢が羽音を立てて飛んできた。

そして門脇にある南天の木の幹に、突き刺さったのである。

「おおっ」

藤吉が、建物向こうから射た矢だというのは分かっている。市次はこの突き刺さった矢を抜いた。そして羽根のある方の先に手を当てる。

指先に、二筋の斜めの傷跡が触れた。

「賊は表側に二人。こちらにも二人だぞ」

市次は声を上げて、井田川ら徒士衆に伝えた。

「それにしても、てえした矢の腕前だぜ」

藤吉は店の向こうから、表に現れた人数を、矢を使って知らせてきたのである。事前に場所を改めていたとはいえ、南天の幹に当てるとは、とんでもない技だと仰天したのだ。

だが感心してばかりはいられない。刺股を突き出して、現れた賊の方へ駆け寄った。

闇にいる賊は二人だ。これに徒士衆がぶつかっている。賊は他にはいないと分かっているから、市次は道の端に出て、逃げ道を塞ぐ役目をした。

覆面の賊は、刀身を振って歯向かっている。なかなかの腕前に見えたが、数の面では徒士衆の方が圧倒していた。


店の戸を背にした二人の賊は、共に刀を抜いた。平田だけではない。潜んでいた徒士衆が、これを取り囲んだのである。

こちらには、槍《やり》を手にした者もあった。舟にいた町方が、ここで隠していた提灯に明かりを灯している。賊の姿が、はっきりと見えた。

「この野郎」

賊の一人が、絶叫と共に目の前の徒士衆に躍りかかった。数では圧倒されていても、怯《ひる》まない。だが受ける方も、落ち着いていた。一撃を跳ね返すだけでなく、そのまま刀を突き出している。

熟練の者でなければ、これだけで心の臓は突き破られているところだろう。だが賊はこれを避《よ》けて、斜め後ろへ飛んでいる。

だがその背中が、店の戸にぶつかった。そこへ違う角度から、槍が突き込まれた。

槍は賊を刺せたはずだが、それをしていない。動きを止めたのである。

「やっ」

直後、前にいた徒士衆が打ちかかり、二の腕を切り裂いた。賊の手にあった刀が、中空に飛んでいる。

もう一人の賊は、襲いかかった徒士衆の小手を、浅くだが斬ってこの場から逃げようとしていた。腕では、賊の方が上らしい。

真横から飛び出した槍も、払いのけた。距離があるので、打ちかかったりはしない。槍の動きをよく見ていた。

向かってくる他の徒士衆の脇に回り込んで、これを盾にした。そして下から刀をすくい上げた。

「わっ」

徒士衆の肘が斬られて、血が飛んでいる。

賊はここで逃げようと振り向いた。だがここで、先ほどの槍が足元に突き出された。これが脹脛《ふくらはぎ》に刺さっている。

「うわっ」

こうなると立ってはいられない。賊の体が、地べたに転がった。駆け寄った徒士衆二人が躍りかかり、瞬く間に縛り上げた。

顔にある布を剝ぎ取ると、痛みに歪《ゆが》む富所の顔が現れた。

丹波屋の脇の路地から、井田川や市次が姿を現した。縛り上げた二人の賊を、引っ立てている。裏手に現れた賊を、捕えたのであった。

これらの者の顔の布も剝ぎ取った。予想通り、岡下と宗佐、鴨志田の顔が現れた。

「我らは、この三名をつれて引き上げるといたす」

井田川が、平田に言った。

「承った」

平田は富所の身柄を受け取った。

岡下らの身柄は、船着場の舟に移した。町方が潜んでいた二艘《そう》の舟である。かねて井田川が用意していた舟も含めて、藤吉と雨谷、徒士衆の一同が乗り込んだ。

陸路は町木戸が閉じられている。水路で神田川まで行って、下谷練塀小路の加藤屋敷へ向かった。

加藤屋敷では、一同の到着を待っていた。長屋門の扉が開かれると、玄関先には篝火が焚かれている。

岡下ら三人は、御長屋内の別々の部屋へ閉じ込められた。覆面姿で、押込みの現場を押さえられたのである。言い訳は利かない。

どの顔も、覚悟を決めている様子だった。

藤吉と井田川は、奥の元真が待つ部屋へ通された。藤吉が丹波屋での表の様子を、井田川が裏手での一切を伝えた。

「でかした。ならば、押込みに入る前に捕えたのだな」

「はい。丹波屋は、板戸一つ壊されておりませぬ」

「ならばそれでよい。三人には、腹を切らせる。岡下家はどうにもならぬが、宗佐家と鴨志田家は残せるように計らおう」

この措置は、何よりだと思われた。

「弓を使って裏手に人数を知らせたのは、香坂らしいやり方だ。腕も見事だと言わねばなるまい」

井田川から話を聞いた元真は、藤吉の弓の腕を称えた。

十

平田と市次に捕えられた富所は、南茅場町《みなみかやばちょう》の大番屋へ連行された。脹脛の手当ては受けたが、厳しい問い質《ただ》しが行われた。平田は丹波屋の一件だけでなく、足袋屋の主人殺しについても責め立てた。

このとき市次は、芝露月町の裏長屋を調べた。するとそこから、富所の持ち物とは思われない上物の財布が発見された。そこで足袋屋に問い合わせると、殺された主人作兵衛の持ち物だと分かった。

こうなると富所は、白を切り通すことができなかった。

「あいつは、斬首刑でしょうね」

香坂屋敷へ知らせに来た市次は、そう告げた。

月が替わって四月になった。青葉が芽吹き始める時季になっている。

その非番のある日、藤吉は元真から呼び出されて、下谷練塀小路の加藤屋敷へ出向いた。

日差しが強い。空の高いところから、小鳥の囀《さえず》りが聞こえた。

通されたのは、元真の私室である。茶が運ばれた。添えられている菓子は、厚切りの練羊羹《ねりようかん》だ。これは厚遇だと、生唾が出そうになる。

食べろと言われたので、遠慮なく手を出した。かなりうまい。郷里の長船村で下男をしていたときは、金平糖でも嬉しかった。自分では食べられず、うらが訪ねて来たときに与えた。

食べ終わったところで、元真が口を開いた。

「今日来てもらったのは、他でもない。板垣家の跡取りに関わる話だ」

「ははっ」

心の臓が、少しだけ跳ねた。しかし驚いたわけではない。前にこの話が出たが、それは戯れといってよいものだった。

「大番頭黒澤《くろさわ》家の次男坊に永之助《えいのすけ》という者がいる。二十一歳でな、わしも知っているが、文武に優れた秀麗な顔《かんばせ》の者だ。板垣家とも、遠縁の間柄にある」

「なるほど、ふさわしい方ですね」

大御番頭は役高五千石だ。黒澤の名は、藤吉も知っている。

「本人も望んでいる様子だが、板垣殿は血が近い千寿を入れたいと考えている」

「はあ」

「そこで千寿と永之助を娶《めあ》わせて、板垣家へ入れようという話が進んだ」

ここで初めて、腹の奥が熱くなった。痛みさえ伴っている。失望があるのは明らかだが、受け入れなくてはならないと考えた。

千寿はすでに十九歳になる。ここまで縁談が決まらなかったのは、不思議なくらいだ。

失うというよりも、もともと手の届くところにはなかった。夢を見られただけ、幸いだろう。

「釣り合いの取れた、祝言かと存じます」

どうにか、口にした。こうなれば、小笠原家には養子を入れる。これは前に耳にした。

「いかにもそうなのだが、千寿が承知をしない……。命じてしまえばそれで済むことだが、兄はそれをしたくないのだ」

　将監は、一人娘の千寿を溺愛している。元真は言葉を続ける。

「千寿は誰かと添いたいと口にしているわけではない。しかしな……」

　ここで腕組みをして、元真は改めて藤吉に目を向けた。その目が、何かを言おうとしている。

　するとまた腹の奥が熱くなった。同じ熱くなるのでも、前のとはわけが違う。今度は息苦しくなった。

「このままいけば、千寿は黒澤家の次男と添って板垣家に入るだろう。一たび決まってしまえば、あのお転婆でも断ることはできぬ」

「さ、さようで」

　武家に育った者ならば、分かり切っている話だ。

「もし仮にだ。千寿が誰か他の者と添って板垣家に入りたいと告げたならば、相手にもよるが、将監は心を動かすだろう」

「……………」

「たとえばそこもとだ」

薄々察していたことが、的中した。元真は前にこの話を千寿にしたとき、まんざらでもなさそうだと反応を伝えてきていた。

身分が違うといっても、四百俵の旗本ならば、添えないわけではない。

「何しろそこもとは、将軍からも直《じか》にお言葉を受けた者だからな」

それは事実だ。さらに元真は続けた。

「しかもそこもとは、徒士衆の不祥事を未然に防ぐことにも力を貸した。あの助勢がなければ、大騒ぎになったであろう」

元真は、自分を認めてくれている。だからこそ、今日は呼び寄せたのだ。感謝の気持ちは大きい。

「し、しかし、板垣様は」

「あの方は、そこもとには好感を持っておいでだ」

「ええっ」

そういえば城内で出会って、挨拶をした。あのとき板垣は、何かを口にしようとしていた。あの折のことは、はっきりと覚えている。御鷹尋のときには、流鏑馬合戦の話をしていた。

「そこでだ。あの高慢な姫の背を、そこもとが押してみぬか」

息が、止まりそうになった。

「と、とんでもない」

体が震えた。やっと吐き出した言葉だ。

どんな難題でも、藤吉は命じられたことは果してきた。しかしこの一件ばかりは、これまでとは違う。

「腹を決めよ。先日と今日の話しぶりを見る限り、その方は千寿を慕っておるではないか」

「と、とんでもない」

「実はな、すでに当屋敷に千寿を呼んでいる」

「ううっ」

「そこもとが来ると伝えた上で、声をかけたのだ。嫌ならば、ここへは来なかっただろう。ここは男のそこもとが、動かねばなるまい」

「…………」

「千寿と話をつけたならば、小笠原家や板垣家には、わしが話をつけよう。早《はよ》うまいれ」

手を叩くと、襖が開かれた。現れたのは、中年の奥女中である。

これで藤吉は、腹を決めた。立ち上がると足が震えた。だから足を踏みしめた。

廊下に出て、奥女中の後についた。三つ置いた部屋の前に通された。

襖が開かれた。

中へ入ると、床の間を背にした千寿が座っていた。藤吉が部屋に入ると、襖は外から閉められた。

向かい合って座った。顔を上げると、やや緊張の面持ちをした千寿と目が合った。

何を話していいか、この場にいたっても浮かばない。心の臓が、破裂しそうだ。

ともあれ口を開いた。

「それがしと、夫婦になりませぬか」

前置きも飾りもない。要点だけの言葉になった。

だが聞いた千寿は、目を輝かせた。わだかまりが解けたような表情になったのである。そして立ち上がった。

藤吉よりも末座に、座り直した。両手をついて、頭を下げた。

「不束者《ふつつかもの》でございますが、よろしくお願いいたします」

藤吉はその声を、幻の世での出来事ではないかと思いながら聞いた。

十一

五月五日、端午の節句である。日差しは、夏の到来を伝える強さがあった。

この日は御三家、御三卿《ごさんきょう》、以下の諸大名、老中以下の諸役人が将軍に拝賀する。藤吉は、富士見御宝蔵番頭の身分で、祝儀を述べるために大広間に出た。

一人ではない。家格が同じ番方の者十名ほどが一緒だった。

この席に座るのは、香坂家に入って初御目見をしたとき以来だ。あのときと同じように、彼方にある一段高いところに、将軍が腰を下ろす厚い座布団があった。

拝賀の者が揃うと、老中や三奉行などが姿を現し所定の座に着く。そしてやや間を置いてから、太鼓の音があたりに響いた。

風がないので、室内は暑い。しかし汗をかいても、ここで拭う者はいなかった。

「御出座である」

と声が上がった。一同はここで平伏する。藤吉もこれに合わせた。

足音が響いた。家斉《いえなり》公が着座したのが分かった。

「面を上げよ」

奏者番の大名が告げた。番方の一同は、ここで顔を上げた。とはいっても、将軍の姿があるのは遠くだ。ただ初御目見のときよりも、家斉公は関心を持った目を向けていると感じた。

最も高齢の代表者が、節句の祝儀を述べる。形式ばった、短いものだ。

それが済んで、奏者番が一人一人の名を挙げてゆく。名を告げられた者がここで
「ははっ」と頭を下げるのは、初御目見のときと同じだ。

「香坂藤吉」

と呼ばれ、「ははっ」と頭を下げた。奏者番はそのまま次の名を挙げようとしたが、家斉公は「待て」と声を上げた。

広間はしんとしていて、他に声を上げる者などいない。何事かと訝《いぶか》る者がいても、それは胸の内に押込める。

「その方、板垣家に入るそうじゃな」

「ははっ」

「励めよ」

声掛けは、これだけだった。奏者番は何事もなかったように、次の名を呼び始める。

しかしこれは、めったにないことだと誰もが知っている。驚きを、面に出さないだけだった。

千寿と祝言を挙げ、板垣家に入る話は四月の下旬に決まった。まだ祝言の日取りも決まっていないが、これは家斉公によってお披露目されたのと同じである。

藤吉にしてみれば、身に余る光栄といっていい。

家斉公は何かの機会に耳にして、声をかけてきたのだと思われた。

香坂家は、うらが婿を取る。平内夫婦は、藤吉の出世を喜んだ。

すでにうらの相手も、決まっている。新御番組《しんごばんぐみ》の番士の次男坊だ。うらは武家の奥方になるために、修業を積んでいる。張り合いを持って事に向かう姿を目にするのは、兄として嬉しかった。

思えば二年前、村名主の家の下男だった藤吉は、初めて江戸へ出てきた。右も左も分からないまま、武家奉公を始めたのである。

それがついに、江戸城内の公式の場で、家斉公からお言葉を受ける身になった。

「まだまだ、これからだ」

大広間から引き上げる廊下を歩きながら、藤吉は胸の内で呟いた。

この作品は書き下ろしです。

幻冬舎時代小説文庫

●好評既刊
出世侍(一)
千野隆司

水呑百姓の家に生まれた藤吉は、いつか立派な武士になりたいとの大望を抱いていた。立ちふさがる身分という壁を超え、艱難辛苦をも乗り越えて、侍になろうと奮闘する若者を描く、痛快時代小説。

●好評既刊
出世侍(二) 出る杭は打たれ強い
千野隆司

百姓から憧れの武士へと出世した川端藤吉。ある日、奉公先の家宝が盗まれた。探索を始める藤吉に、上役の辻村から嫌がらせが!! 早くも、出世の道は閉ざされてしまうのか!? 逆境の第二弾。

●好評既刊
出世侍(三) 昨日の敵は今日も敵
千野隆司

大身旗本への奉公替えで更なる出世を果たした川端藤吉。前途洋々かと思われたが、新たな奉公先には敵ばかり。突として窮地に立たされる藤吉に光明は差すのか？ 堅忍不抜の第三弾。

●好評既刊
出世侍(四) 正直者が損をする
千野隆司

農民から憧れの侍へと出世を果たした川端藤吉。ある日、将軍御目見の地位にある香坂家から婿入りの誘いを受ける。婿入りすれば大出世だが、香坂家の娘、楓は重い病らしく――。悲痛の第四弾。

●最新刊
サムライ・ダイアリー 鸚鵡籠中記異聞
天野純希

元禄の世、尾張の御畳奉行・朝日文左衛門は、風俗、文化、世情などを事細かに記した日記『鸚鵡籠中記』を執筆した。しかし実はもうひとつ、私事を綴った「秘本」が残されていて――。

出《しゅっ》世《せ》侍《ざむらい》（五）

雨《あま》垂《だ》れ石《いし》を穿《うが》つ

千《ち》野《の》隆《たか》司《し》

平成29年12月10日　初版発行

発行人——石原正康
編集人——袖山満一子
発行所——株式会社幻冬舎
〒151-0051東京都渋谷区千駄ヶ谷4-9-7
電話　03(5411)6222(営業)
　　　03(5411)6211(編集)
　　振替00120-8-767643
印刷・製本—中央精版印刷株式会社
装丁者——高橋雅之

幻冬舎時代小説文庫

ISBN978-4-344-42685-6　C0193　ち-9-5

幻冬舎ホームページアドレス　http://www.gentosha.co.jp/
この本に関するご意見・ご感想をメールでお寄せいただく場合は、
comment@gentosha.co.jpまで。